DIE KNICKERBOCKER BANDE

Thomas Brezina

DIE HAND AUS DER TIEFE

Krimiabenteuer Nr. 41

Mit Illustrationen von Jan Birck

Ravensburger Buchverlag

DIE KNICKERBOCKER-BANDE

STECKBRIEFE

HALLO,
ALSO HIER MAL IN KÜRZE
DAS WICHTIGSTE ÜBER UNS:

POPPI

NAME: Paula Monowitsch
COOL: Tierschutz
UNCOOL: Tierquäler, Angeber
LIEBLINGSESSEN:
Pizza (ohne Fleisch,
bin Vegetarierin!!!)
BESONDERE KENNZEICHEN:
bin eine echte Tierflüsterin –
bei mir werden sogar Pitbulls
zu braven Lämmchen

DOMINIK

NAME:
Dominik Kascha
COOL: Lesen, Schauspielern
(hab schon in einigen Filmen und
Theaterstücken mitgespielt)
UNCOOL: Erwachsene, die einen bevormunden
wollen, Besserwisserei (außer natürlich, sie kommt
von mir, hähä!)
LIEBLINGSESSEN: Spaghetti
(mit tonnenweise Parmesan!)
BESONDERE KENNZEICHEN:
muss immer das letzte Wort haben und kann so
kompliziert reden, dass Axel in seine Kappe beißt!

AXEL

NAME: Axel Klingmeier
COOL: Sport, Sport, Sport (Fußball und vor allem Sprint, bin Schulmeister, habe sogar schon drei Pokale gewonnen)
UNCOOL: Langweiler, Wichtigtuer
LIEBLINGSESSEN:
Sushi … war bloß'n Witz (würg), also im Ernst: außer Sushi alles! (grins)
BESONDERE KENNZEICHEN:
nicht besonders groß, dafür umso gefährlicher (grrrrrr!)

LILO

NAME: Lieselotte Schroll
(nennt mich wer Lolli, werde ich wild)
COOL: Ski fahren, Krimis
UNCOOL: Weicheier, Heulsusen
LIEBLINGSESSEN:
alles, was scharf ist, thailändisch besonders
BESONDERE KENNZEICHEN:
blond, aber unheimlich schlau
(erzähl einen Blondinenwitz und du bist tot …)

Bibliografische Information Der Deutschen Nationalbibliothek

Die Deutsche Nationalbibliothek verzeichnet diese Publikation
in der Deutschen Nationalbibliografie;
detaillierte bibliografische Daten sind im Internet über
http://dnb.d-nb.de abrufbar.

1 2 3 4 5 12 11 10 09 08

Umschlagillustration: Jan Birck
Printed in Germany
ISBN 978-3-473-47138-6

www.ravensburger.de
www.thomasbrezina.com
www.knickerbocker-bande.com

INHALT

Die Schwarze Bucht 6
Die Hand aus der Tiefe 12
Jörgen 18
Die letzte Ruhe der Wikinger 24
Die Frau in Schwarz 32
Haben Engel rote Haare? 39
Der Raubzug 45
Der Schatten 52
Axels Unfall 60
Der Unbekannte 68
Ein merkwürdiger Anruf 76
Wehrlos 82
„Verschwindet!“ 87
Rauch 93
Lilo lässt nicht locker 101
Der Läufer 107
Der Schrei von der Klippe 113
Ein Kampf auf Leben und Tod 120
Luftblasen! 128
Wer ist hinter dem Schatz her? 136
Ein folgenreicher Streich 145
Das Schiff in der Bucht 155
Der Doppelsarg 162
Glück im Unglück 170

DIE SCHWARZE BUCHT

Vorsichtig setzte Axel seinen Fuß in das kühle Wasser. Er war felsenfest davon überzeugt, dass er Recht hatte.

„Nein, es gibt keine Hand, die aus der Tiefe kommt! Unmöglich! Die Geschichten sind absoluter Schrott!", murmelte er.

Unter seinen Fußsohlen spürte er die glitschige Schicht, die das ganze Ufer der Bucht bedeckte. Wenn er auftrat, versank sein Fuß bis zum Knöchel. Bald aber stand er auf grobkörnigem Sand. Immer weiter watete Axel in das schwarze Salzwasser hinaus.

Warum das Wasser in dieser Bucht wohl so dunkel ist?, dachte er. Gern hätte er seine Freunde am

Strand gefragt, aber er ließ es lieber bleiben. Denn bestimmt würde Inga ihn auslachen. Inga war Poppis dänische Cousine und Axel hatte ihr bereits die Auszeichnung „Horror-Mädchen des Jahres" verliehen.

Es waren weder ihre zahlreichen Sommersprossen noch die gekräuselten roten Haare, die ihn aufregten, sondern Ingas hohe, kreischende Stimme und ihr angeberisches und besserwisserisches Getue. Sie zeigte den vier Freunden auch deutlich, dass sie ihnen schon allein dadurch überlegen war, dass sie dänisch und deutsch sprach.

„Ich wette, dass du dich fürchtest, nachts in der Schwarzen Bucht zu schwimmen!", hatte sie zu ihm gesagt.

Selbstverständlich hatte Axel die Herausforderung angenommen.

„Wetten, dass ich mich traue?", hatte er patzig geantwortet.

In drei Tagen begann der Sommer, es wurde spät dunkel.

Schwarze Bucht! Bestimmt hieß die Bucht gar nicht so. Inga hatte den Namen sicher nur erfunden, um ihm Angst einzujagen.

Inga hatte sofort eingeschlagen und den Mund

zu einem Lächeln verzogen. Es war kein freundliches Grinsen gewesen. Auf Axel hatte es hämisch und böse gewirkt.

Der Wetteinsatz war hoch: Wenn Axel verlor, musste er Inga seine brandneuen Inliner überlassen. Gewann er jedoch, bekam er von ihr zweiundzwanzig wertvolle alte Münzen.

Inga hatte die Knickerbocker-Bande, die eine Woche lang bei ihr und ihrem Vater zu Gast war, durch ein Birkenwäldchen zur Küste geführt. Axel, Lilo, Poppi und Dominik mussten einen steilen, sehr engen Pfad hinuntersteigen, bis sie endlich den Strand der Schwarzen Bucht erreichten.

Der Sand war sehr hell und schien im rötlichen Licht der Dämmerung zu glühen. Das Wasser des Meeres aber war undurchsichtig wie schwarze Tinte. Dominik war zu dem Schluss gekommen, dass das den hohen, zerklüfteten Felsen zuzuschreiben war.

„Sie ist schon oft hier aufgetaucht!", hatte Inga mit gesenkter, unheimlicher Stimme zu erzählen begonnen.

„Wer?", hatten die Knickerbocker wie aus einem Munde gerufen.

„Die Hand aus der Tiefe!", hatte Inga geheimnisvoll gehaucht und sich an den erstaunten Blicken der vier Freunde geweidet. „Es ist keine Hand aus Fleisch und Blut. Sie besteht nur aus Wasser – aus eiskaltem Wasser. Berührt sie einen, ist man dem Tode geweiht. Sie muss dich gar nicht in die Tiefe hinunterziehen. Du gehst von ganz allein unter, weil du dich nicht mehr bewegen kannst. Es ist, als ob dir das Blut in den Adern gefriert!“, hatte sie mit großen Augen geflüstert.

„Typisch Mädchen, glaubt auch wirklich jeden Quatsch! Du solltest nicht so viele Gruselbücher lesen, die höhlen dein Hirn aus!“, hatte Axel gebrummt.

Das Meer war still, die Oberfläche glatt wie ein Spiegel – wie ein schwarzer Spiegel. Lilo, Poppi und Dominik standen am Strand und beobachteten ihren Freund mit angehaltenem Atem.

Das Wasser reichte Axel bereits bis zur Hüfte. Es war sehr kühl. In der Bucht, in der sie am Tag zuvor baden gewesen waren, hatte das Meer eine viel höhere Temperatur gehabt. Warum war es hier so kalt?

„Willst du nicht lieber wieder rauskommen?“, fragte Inga spöttisch. Sie hatte die Arme siegessicher vor der Brust verschränkt und grinste von einem Ohr zum anderen.

„Nein!“, rief Axel.

Ja!, sagte seine innere Stimme. Nichts wie raus! Hier stimmt wirklich etwas nicht. Dreh um und gib zu, dass du verloren hast!

Axel stieß sich ab und kraulte mit regelmäßigen Zügen weiter hinaus. Seine Arme und Beine arbeiteten präzise wie ein Uhrwerk.

Durch die Bewegung wurde ihm schnell wärmer und die Angst verließ ihn. Als er das Gefühl hatte, weit genug geschwommen zu sein, drehte er sich zu seinen Freunden um. Inga schien über ihre Niederlage wütend zu sein.

Axel hob den rechten Arm aus dem Wasser und winkte.

Lilo, Poppi und Dominik klatschten begeistert.

„He, Inga, wo bleibt denn das eiskalte Händchen? Hat es heute Ruhetag?“, witzelte Axel.

Dominik und Lilo bogen sich vor Lachen. Poppi versteckte das Gesicht hinter den Händen, damit ihre Cousine nicht sah, dass sie kicherte.

Axel wurde übermütig. Er drehte sich auf den Rücken und strampelte mit den Beinen. Er begann zu grölen und freute sich schon auf die alten Kupfermünzen, die angeblich aus einem Piratenschatz stammten.

Nachdem er seinen Triumph ausgekostet hatte, machte er sich auf den Rückweg.

Die Hand schoss völlig unerwartet aus dem schwarzen Wasser.

DIE HAND AUS DER TIEFE

Sie war eiskalt und berührte Axel nahe dem heftig schlagenden Herzen. Als sie über seine Haut glitt, brannte die Kälte wie Feuer.

Axel erschrak und machte eine schnelle Bewegung nach rechts. Er wollte schreien, aber aus seinem Hals kam kein Ton.

Seine Freunde beobachteten vom Strand aus, wie Axel plötzlich in die Höhe sauste. Sie hielten es für einen Freudensprung.

Ungläubig starrte Axel auf die Stelle, an der die Hand erschienen war. Jetzt war dort nur noch ein kleiner Wirbel zu sehen.

Mit einem Mal erfasste eine fürchterliche Kälte seinen ganzen Körper und Ingas Stimme hallte in seinen Ohren: *Es ist, als ob dir das Blut in den Adern gefriert!*

Er wollte zum Ufer zurückkraulen, aber seine Arme versagten ihm den Dienst. Sie waren völlig gefühllos.

Auch seine Beine gehorchten ihm nicht mehr. Die Muskeln waren hart wie Stein. Axel ging unter. Das Wasser schlug über seinem Kopf zusammen.

Unter der Oberfläche umgab ihn eine gespenstische Stille. Er hatte Druck auf den Ohren und hörte nur das Blubbern der Luftblasen, die aus seiner Nase und seinem Mund aufstiegen.

Ein Albtraum! Das kann nur ein Albtraum sein! Ich wache gleich auf und liege daheim im Bett, war Axels einzige Hoffnung.

Er riss die Augen auf. Das Salzwasser tat ihm weh. Schwarz. Er sah nur Schwarz. Sonst nichts.

Da kam sie zum zweiten Mal, wie ein Hai, der seine Beute langsam erledigt.

Diesmal strich sie über seinen Rücken. Ihre Kälte bohrte sich wie eine Nadel durch seine Wirbelsäule und erreichte seinen Kopf.

Und er sank immer tiefer, dem feuchten Grab am Meeresgrund entgegen.

Eis, ich bin aus Eis!, dachte er.

Blödsinn! Eis treibt doch an der Wasseroberfläche, schoss es ihm durch den Kopf.

Schwimmen, er musste kämpfen! Er musste es schaffen, sich wieder zu bewegen!

Hilfe, ich brauche Luft, war sein einziger Gedanke. Axels Lungen waren fast leer. Er durfte jetzt keinesfalls zu atmen versuchen, sonst würde er ertrinken.

Wo war oben? Wo war unten? Er hatte völlig die Orientierung verloren.

Zum dritten Mal berührte sie ihn. Diesmal am Bauch. Axels Gedärme schienen sich zu verknoten.

Am Ufer standen seine Freunde und blickten aufs dunkle Meer.

„Sehr witzig, Axel, wirklich unheimlich witzig!", knurrte Poppi. Sie wusste, dass Axel es genoss, andere zu erschrecken. Bestimmt würde er gleich genau vor ihnen auftauchen und schallend über die besorgten Gesichter seiner Freunde lachen. Er hatte solche Scherze schon öfter gemacht.

Dominik warf einen Blick auf seine Uhr. „Ich will euch nicht unnötig in Unruhe versetzen, aber Axel befindet sich bereits seit siebenunddreißig Sekunden unter Wasser", sagte er in seiner gewohnt komplizierten Sprechweise.

Ingas Zorn über die verlorene Wette war verflogen. Sie hatte die Hände vors Gesicht geschlagen und stöhnte.

„Sie hat ihn erwischt! Die Hand aus der Tiefe!", stammelte sie.

Keiner der drei widersprach ihr. Der Verdacht erhärtete sich immer mehr, dass Axel ihnen keinen Streich spielte.

Lilo wartete nicht länger ab. Sie riss sich Hose und T-Shirt vom Leib, unter denen sie einen Badeanzug trug, rannte mit riesigen Schritten ins Wasser und kraulte im Rekordtempo los.

Plötzlich hörte sie rechts von sich ein Geräusch.

Sie drehte den Kopf und nahm die Umrisse eines Bootes wahr. Es saß jemand an den Rudern, der ihr den Rücken zukehrte und sie nicht sah.

„Hilfe … Hilfe!", schrie Lilo.

Die Gestalt sprang auf und stolperte zum Bug. Sie kniete sich hin und starrte auf das Wasser.

Es war ein Mann. Sein Kopf war ungewöhnlich klein. Er trug eine gestrickte Wollmütze mit aufgerolltem Rand.

Er sagte etwas auf Dänisch. Aus der Betonung schloss Lilo, dass er ihr eine Frage gestellt hatte.

In ihrer Verzweiflung stieß sie auf Deutsch her-

vor: „Mein Freund, er ist in Lebensgefahr … die Hand … er ist untergegangen!“

Nicht weit von ihnen entfernt ertönte ein Keuchen. Jemand rang nach Luft, atmete pfeifend, hustete, röchelte.

Der Mann im Boot bückte sich und schien hastig nach etwas zu suchen. Endlich tauchte er mit einer Taschenlampe wieder auf und leuchtete damit die Wasseroberfläche ab.

„Axel!“, rief Lilo. Ihr Freund trieb ungefähr dreißig Meter vor ihr im Meer.

Lilo kraulte zu ihm und packte ihn von hinten, wie sie das im Rettungskurs gelernt hatte, hielt sein Kinn über Wasser und schwamm mit ihm auf das Ruderboot zu.

Der Mann beugte sich über den Rand. Gemeinsam versuchten sie, Axel in das Boot zu hieven, aber es klappte nicht. Das Boot schaukelte sehr stark.

Axels Körper fühlte sich wie ein Eisblock an. Seine Arme und Beine waren so steif wie die Glieder einer Puppe.

Nach drei Anläufen hatten es Lilo und der Mann beinahe geschafft: Axel lag halb im Boot.

Lilo stemmte sich von unten gegen seine Beine, um sie nach oben zu schieben. Da wurde sie ebenfalls von der Hand angegriffen.

Der Stoff des Badeanzugs dämpfte die Kälte ein wenig, aber Lilo konnte die Hand genau spüren. Sie strich ihr über die Hüfte und den Rücken. Lilo schrie auf, umklammerte verzweifelt Axels Beine, um sich irgendwo festzuhalten, und riss sowohl ihren Freund als auch den Mann ins Meer.

JÖRGEN

„Hilfe! Sie hat mich berührt! Hilfe!“, schrie Lilo voller Panik.

Der Mann reagierte nicht darauf. Stumm ergriff er Axel mit der rechten Hand, mit der linken hielt er die Leine seines Bootes.

Auf dem Rücken schwamm er zügig in Richtung Strand.

Lilo folgte ihm, so gut es ging, und hatte Mühe, nicht die Nerven zu verlieren.

Nach bangen Momenten erreichten sie seichteres Gewässer. Lilo spürte Boden unter den Füßen und richtete sich auf.

Doch sie rutschte auf dem glitschigen Schleim aus und stürzte. Das Wasser schlug über ihrem Kopf zusammen und nahm ihr den Atem. Sie rappelte sich aber sofort wieder auf und kroch auf allen vieren an Land.

Axel lag auf dem Strand. Die Laute, die er von sich gab, klangen besorgniserregend. Poppi und Dominik knieten sich nieder und rüttelten ihn an der Schulter.

Der Mann presste sein Ohr gegen Axels Brust und sagte plötzlich auf Deutsch: „Sein Herz schlägt ungleichmäßig. Er hat einen ziemlichen Schock erlitten. Euer Freund braucht jetzt Wärme. Ich wohne nicht weit von hier. Wir bringen ihn am besten zu mir!"

Bevor die Knickerbocker etwas erwidern konnten, hatte er Axel hochgehoben. Er ging voran und die drei Freunde tappten ihm nach. Das Schlusslicht bildete Inga. Ihr bösartiges Grinsen war verschwunden. Sie ließ den Kopf hängen und machte sich offensichtlich schwere Vorwürfe.

Das Haus des Mannes war hellblau und hatte weiß gestrichene Fensterrahmen und Türen. Auch die Dachrinne war weiß. Es lag versteckt hinter einer Felsgruppe.

Noch immer atmete Axel röchelnd und stoßweise.

Der Mann führte die Knickerbocker und Inga in die Wohnküche. Da Lilo in der Aufregung ihre Klamotten am Strand vergessen hatte, warf er ihr eine Jeans und einen Pulli zu. Anschließend brachte er Axel ins Badezimmer. Er ließ die Wanne mit heißem Wasser volllaufen und setzte ihn vorsichtig hinein.

Das warme Bad wirkte wie ein Wunder. Axel begann sich zu entspannen und sein Atem wurde gleichmäßiger. Er schloss die Augen und schlief ein.

Nach einer Viertelstunde holte ihn der Mann aus dem Wasser und wickelte ihn in einen flauschigen Bademantel.

„Geht es dir besser?“, erkundigte er sich.

Axel nickte langsam.

In der Küche stellte der Bootsbesitzer einen Topf mit Milch auf den Herd. „Wir trinken alle eine Tasse heißen Kakao, okay?“

Da ertönte ein langer Pfeifton.

Lilo entdeckte auf einem Brett an der Wand eine Uhr. Sie ähnelte einer Kuckucksuhr, doch zur vollen Stunde kam kein Vogel heraus, sondern eine kleine Lokomotive, die laut pfeifend eine Runde fuhr.

Der Mann bemerkte Lilos Blick und lächelte: „Die habe ich vor Jahren geschenkt bekommen –

von Kollegen ... weil ich so ein großer Eisenbahn-Fan bin." Er setzte sich zu den vier Freunden und Poppis Cousine an den schweren Holztisch und wollte wissen, was sie um diese Zeit in der Bucht gemacht hatten.

Zögernd berichteten die Knickerbocker von der Wette. „Ich habe Inga die Geschichte natürlich nicht geglaubt. Aber ich habe die Hand gespürt und es war das Schrecklichste, was mir je passiert ist!", sagte Axel.

„Wie heißt ihr eigentlich?", fragte der Gastgeber die Freunde.

Die Detektive stellten sich vor, verloren aber kein Wort über Inga. Kaum hörbar nannte das Mädchen seinen Namen.

„Und wer sind Sie?", erkundigte sich Lilo.

Der Mann, dessen Kopf tatsächlich ungewöhnlich klein war und sich auf den breiten Schultern wie eine Weintraube ausnahm, antwortete: „Ich heiße Jörgen. Jörgen Bornholm. Aber hier in Dänemark siezt man nur die Königin. Bitte sagt Du zu mir!"

Jörgen hatte seine Wollmütze abgenommen, unter der schwarze Locken zum Vorschein kamen. Das Gesicht erinnerte die Knickerbocker an eine vertrocknete Kartoffel. Die Augen waren winzig und lagen in tiefen Höhlen. Gedankenverloren blickte er zum Fenster hinaus.

„Die Hand aus der Tiefe", murmelte er.

Dominik hatte das Gefühl, dass Jörgen sie alle für etwas verrückt hielt. Er wollte sich verteidigen und sagte deshalb: „Selbstverständlich wissen wir, dass es sich um eine Legende handelt, die sich in den Köpfen der Menschen festgesetzt hat und Trugbilder und Wahnvorstellungen hervorruft. Ich gehe davon aus, dass es eine völlig natürliche Erklärung für die Erlebnisse meiner Freunde gibt."

Axel und Lilo warfen Dominik einen bösen Blick zu. „Vortrag beendet, du Klugscheißer?", knurrte Axel.

Dominik erschrak über Axels bissigen Tonfall. „Äh ... aber ... ihr wollt doch nicht behaupten, dass wirklich eine eisige Hand aus der Tiefe ...", stammelte er.

Jörgen hob beschwichtigend den rechten Arm. „Darf ich auch etwas dazu sagen?"

„Klar!", rief Lilo.

„Ich will euch einiges über die Schwarze Bucht erzählen", begann Axels Retter. Gespannt sahen die Knickerbocker ihn an. Nur Inga tat so, als würde sie das alles nicht im Geringsten interessieren.

Es folgte ein Bericht, der die Detektive in die Vergangenheit versetzte. Jörgen schilderte ihnen ein gespenstisches Ereignis, das sich in der unheimlichen Bucht zugetragen hatte.

Es handelte sich jedoch keineswegs um eine Sage, sondern um Tatsachen – erschreckende Tatsachen.

DIE LETZTE RUHE DER WIKINGER

„Vor ungefähr tausend Jahren hat in dieser Bucht ein grausames Begräbnis stattgefunden“, sagte Jörgen. „Ich stelle es mir so vor: Zuerst kam ein an die dreißig Meter langes Wikingerboot – an seinem Bug prangte ein mächtiger geschnitzter Drachenkopf, der recht angriffslustig aussah.

An Bord des Schiffes befanden sich sechzig Wikingerkrieger. Sie waren in lange, raue Leinenhemden gekleidet und trugen Brustpanzer aus Leder und Helme aus Eisen.

Die Helme waren ganz eigentümlich geformt. Sie schützten den Schädel und reichten vom Nacken bis zur Stirn. Das Gesicht ließen sie größtenteils frei. Nur die Nase wurde von einem breiten Steg bedeckt. Die wilden Gesichter der Wikinger wirkten dadurch noch verwegener.

In der Mitte des Schiffes, zwischen den Bänken, auf denen die Männer beim Rudern saßen, lag ihr Anführer auf einer Bahre.

Er war über zwei Meter groß und hatte Schultern so breit wie ein Schrank. Struppiges rotes Haar und ein dicht wuchernder Bart ließen kaum etwas von seinen Gesichtszügen erkennen.

Schild und Schwert ruhten auf seiner Brust. Seine riesigen Hände waren darüber gefaltet.

Der Hüne war tot. Er hatte seine Männer siegreich in Hunderte von Schlachten geführt, gigantische Schätze erbeutet und sein Land erfolgreich gegen alle Eindringlinge und Angreifer verteidigt. Gestorben war dieser gewalttätige Krieger allerdings nicht im Kampf, sondern im Schlaf – und das wahrscheinlich deshalb, weil er zu viele Fliegenpilze gegessen hatte."

Poppi horchte auf. „Fliegenpilze? Wer isst denn so etwas? Sicher wussten auch die Wikinger, dass Fliegenpilze giftig sind!"

Jörgen nickte. „Stimmt, aber die Wikinger haben vor Kämpfen gerne an Fliegenpilzen geknabbert. Das machte sie besonders mutig. Der Anführer –

nennen wir ihn Eric – hatte sich dabei vergiftet und war gestorben.

Das prächtige Totenschiff wurde von vier kleineren Booten begleitet. Sie hatten keine Drachenköpfe am Bug und wurden auch nicht gerudert, sondern vom Wind angetrieben.

Rot-weiß gestreifte Segel mit Zeichnungen von grimmigen Dämonen blähten sich an den Masten. In jedem Boot saßen an die zwanzig bewaffnete Krieger. Kein Wort kam über ihre Lippen.

Kaum hatten sie die Bucht erreicht, wurden die Segel eingeholt und die Ruder im Rumpf des Totenschiffes abgelegt.

Nun beginnt auf jedem Boot ein Wikinger auf einen hohlen Baumstamm zu trommeln. Es dröhnt bedrohlich durch die Bucht.

Die Besatzung schlägt im Takt mit den Waffen gegen die Schilde und stimmt einen tiefen, klagenden Gesang an.

Acht Männer heben die Bahre mit ihrem verstorbenen Anführer hoch und strecken sie zum Himmel. Dort beginnen Wolken aufzuziehen. Ein furchtbares Gewitter braut sich zusammen.

Blitze zucken, Donner grollen und bald prasselt der Regen in dicken, schweren Tropfen herab.

Ein Sturm zieht auf. Die Wellen werden immer höher aufgepeitscht. Das große Drachenschiff wird nur leicht, die kleineren Boote aber bereits heftig hin- und hergeschaukelt.

Doch statt sich an Land zu retten, schlagen die Wikinger Löcher in die Bordwände.

Wassermassen dringen in die Boote und bringen sie zum Sinken.

Dabei wird jedoch weiter getrommelt, mit den Schwertern geschlagen und gesungen. Die Männer haben inzwischen Mühe, das Gleichgewicht zu halten, aber sie scheinen nicht mehr bei Sinnen zu sein. Sie haben sich durch den rhythmischen Gesang in einen rauschähnlichen Zustand versetzt. Sie nehmen die Welt rund um sich nicht mehr wahr und sind bereit, gemeinsam mit ihrem Häuptling zu ihren Göttern zurückzukehren.

Dann zerreißt ein besonders heller Blitz den schwarzen Himmel. Ihm folgt ein Donnerschlag, der die Felsen an der Küste erbeben lässt.

Steine stürzen ins Meer, fallen auf die Boote und versenken sie endgültig in der See. Innerhalb weniger Minuten verschlingt das Meer sämtliche Schiffe, die Krieger und ihren verstorbenen Anführer. An Bord befinden sich außerdem Dutzende von Ledersäcken und Truhen mit Goldschmuck, Goldklumpen und Goldmünzen.

Keiner der Wikinger schreit, keiner kämpft um sein Leben. Erhobenen Hauptes begleiten sie den Herrscher auf seinem letzten Weg.

Am nächsten Morgen hat sich das Unwetter verzogen und nichts erinnert an das schaurige Begräbnis, das in der vergangenen Nacht stattgefunden hat.

Am Meeresgrund legt sich eine Decke aus Algen schützend über die Schiffe, die Schätze und die Toten. Die Algen schließen sie in einen luftdichten Sarg ein, in dem sie erhalten bleiben – fast tausend Jahre lang."

Jörgen verstummte und rührte Kakaopulver in die kochende Milch. Er goss das dampfende Getränk in Becher und stellte diese auf den Tisch.

„Hat sich das tatsächlich so zugetragen?", wollte Dominik wissen.

Jörgen nickte nachdenklich.

Doch seine Geschichte war noch nicht zu Ende: „Fast tausend Jahre später stießen Forscher auf den schaurigen Wikingerfriedhof am Meeresgrund. Die Schiffe waren beinahe unbeschädigt. Die Leichen waren von der seltsamen Alge ausgetrocknet worden. Die Krieger trugen noch ihre Helme, ja sogar ihre Hemden und auch die Lederbrustpanzer.

Es war einer der größten und bedeutendsten Funde in der Geschichte der Archäologie. Die Altertumsforscher konnten die fünf Schiffe bergen. Das Holz wurde entsprechend behandelt, die Boote im Museum ausgestellt.

Die toten Wikinger hat man ihrer Habseligkeiten beraubt. Die Helme landeten in Vitrinen, die Schilde und Schwerter ebenfalls. Alles wurde sorgfältig katalogisiert.

Einige Leichen wurden zerlegt und untersucht, um mehr über das Leben dieses Volkes in Erfahrung zu bringen.

Die Forscher haben zuerst die Schiffe und dann die Helme und Schwerter an Land gebracht. Nachdem sie sieben Tote aus dem Wasser geholt hatten, beschlossen sie, mit der Bergung der anderen zu warten. Als sie aber nach ungefähr einem Jahr wieder zum Grund der Bucht tauchten, waren die Krieger verschwunden.

Bald darauf kam es zu seltsamen Vorfällen. Drei der Taucher wurden von einer eiskalten Hand berührt, die nur aus Wasser zu bestehen schien. Sie konnten sich zwar retten, doch die Forschungsstätte wurde geschlossen. Die letzte Ruhe der Wikinger sollte nicht mehr gestört werden.

Selbstverständlich wurde der Bericht über die entsetzliche Hand in der Öffentlichkeit als Ergebnis eines sogenannten Tiefenrauschs bezeichnet." Jörgen nippte an seinem Kakao und starrte vor sich hin.

„Glauben Sie, äh, glaubst du, es gibt sie wirklich, die Hand aus der Tiefe?", fragte Poppi zaghaft.

Der Mann hob den Kopf und zuckte mit den Schultern. „Der Vorfall liegt jetzt zwei Jahre zurück. Seit damals hat niemand mehr in der Bucht gebadet. Teils aus Angst, teils aus Ehrfurcht vor dem Wikingergrab am Meeresgrund. Ihr habt euch ins Wasser gewagt", sagte er zu Lilo und Axel, „und die Hand hat euch berührt. Existiert sie also oder ist es nur eine Sage, wie euer Freund glaubt?"

Dominik bekam einen roten Kopf.

„Hast du diese Geschichte etwa gekannt?", wollte Poppi von ihrer Cousine wissen.

Inga presste die Lippen zusammen und schien mit sich zu ringen. „Hmmm … ja, das meiste davon", gestand sie nach einer Weile.

„Jörgen, warum bist du denn um diese Zeit mit dem Boot rausgefahren?", erkundigte sich Lilo.

Der Mann wischte sich die Hände an seinem marineblauen Pulli ab und blickte Lilo lange an. Er zögerte mit der Antwort, denn er hatte den Knickerbockern etwas verschwiegen.

DIE FRAU IN SCHWARZ

Schließlich öffnete Jörgen den Mund und flüsterte: „Ich bin einer der drei Taucher. Die Begegnung mit der Hand aus der Tiefe hat mich nie wieder losgelassen. Sie verfolgt mich in meinen Träumen. Seit damals habe ich kaum eine Nacht durchgeschlafen. Ich bin krank und ich weiß, dass ich nur geheilt werden kann, wenn ich wiedergutmache, was ich angerichtet habe."

„Angerichtet?" Axel zog verwundert die Augenbrauen hoch.

„Ich habe die letzte Ruhe der Wikinger gestört. Niemand hat das Recht dazu. Auch Forscher nicht. Wir haben sie aus ihrem Grab geholt und aus Neugier an ihnen herumgeschnipselt", sagte Jörgen.

Den Knickerbockern wurde plötzlich äußerst unbehaglich zumute. Jörgen jagte ihnen Angst ein. Seine Augen hatten etwas Wirres.

Axel war wieder einigermaßen bei Kräften und wollte gehen, genau wie seine Freunde.

Jörgen bemerkte die Aufbruchstimmung und bat sie, noch kurz zu bleiben. „Bitte, versprecht mir, nie wieder in der Bucht zu baden! Respektiert die Ruhe der Wikinger!“, beschwor er sie.

Die vier Freunde und Inga nickten und verabschiedeten sich hastig. Axel schlüpfte in seine Klamotten und Lilo versprach, die geborgten Jeans und den Pulli bald zurückzubringen.

Jörgen schien mit seinen Gedanken ganz woanders zu sein. Sein Blick wanderte durch das Fenster in die Ferne. Langsam bewegte er den Kopf auf und ab.

Als sie vor der Tür standen, stellte Axel leise fest: „Der hat einen ziemlichen Sprung in der Schüssel!“

Seine Freunde stimmten ihm zu. Sie liefen den Weg, den sie gekommen waren, zurück zum Strand. Erst als sie schon einen Großteil der Strecke hinter sich hatten, fiel ihnen ein, dass es auch einen Zufahrtsweg zu Jörgens Häuschen geben musste, der sie direkt auf die Hauptstraße geführt hätte.

„Egal, jetzt kehren wir nicht mehr um!", beschloss Lilo.

Bald hatten sie das Meeresufer erreicht. Lilo sammelte ihre Kleidungsstücke ein. Inga und die Detektive sahen aufs Wasser hinaus. Noch immer war es glatt wie ein Spiegel.

Poppi drückte Lilos Arm und hauchte: „Schau, dort!"

Lilo blickte in die Richtung, in die Poppi zeigte, und murmelte: „Wer ist denn das?"

Auf einem Felsvorsprung, der ein wenig über das Wasser ragte, stand eine dunkle Gestalt.

Es musste sich um eine Frau handeln, die ein langes schwarzes Tuch über den Kopf gelegt hatte. Es reichte fast bis zum Boden und bauschte sich bei jeder Bewegung auf.

In den Händen hielt die Frau zwei brennende Kerzen in Gläsern, wie sie vor allem auf Friedhöfen verwendet werden. Sie bückte sich und stellte die flackernden Lichter feierlich auf den Felsen. Danach zog sie unter dem Schleier ein Säckchen hervor. Sie holte eine Handvoll Blüten heraus und streute sie mit einem Schwung ins Meer.

Die Blüten landeten im Wasser und trieben wie leuchtende Punkte auf der glatten Oberfläche.

Nach einer Weile raffte die Frau den langen Umhang, wandte sich um und schritt davon.

„Wer war das?“, fragte Dominik Inga.

Poppis Cousine hatte die Frau noch nie gesehen. „Keine Ahnung!“, sagte sie und seufzte.

Die unheimliche Person war schon fast bei dem Weg angelangt, der zum Birkenwäldchen führte, als Axel niesen musste. Erschrocken drehte sie sich nun um. Der Rand des Schleiers war weit nach vorne

gezogen, sodass vom Gesicht der Frau nichts zu erkennen war. Doch es bestand kein Zweifel, dass sie über die Anwesenheit der Knickerbocker entsetzt war. Die Verhüllte begann zu laufen.

„Wieso rennt sie vor uns weg?", wunderte sich Dominik.

„Die Bucht ist wohl ein Anziehungspunkt für Spinner!", bemerkte Lilo trocken.

Die Bande hatte genug von ihrem nächtlichen Abenteuer. Sie wollte den gruseligen Ort endlich verlassen.

Als die vier Freunde und Inga das Birkenwäldchen erreichten, sah Lilo noch einmal zum Meer.

Still lag die Bucht zwischen den hoch aufragenden Felsen und Lilo war sich nicht sicher, ob sie tatsächlich etwas Bedrohliches ausstrahlte. War alles nur Einbildung gewesen?

Als sie den anderen folgte, blitzte zu ihren Füßen etwas auf. Ein Silberknopf, dachte sie.

Lilo bückte sich und hob ihn auf. Nein, es war kein Knopf, sondern ein Ohrklipp. Er hatte die Form einer Muschel und schien schon älter zu sein. Die Oberfläche war mit vielen feinen Rillen versehen und blank poliert. In den Rillen waren schwarze Schmutzstreifen zu erkennen, die dem Reinigungstuch entgangen waren. Lilo steckte das Schmuckstück ein und beschloss, es bei nächster Gelegenheit bei der Polizei abzugeben.

„Hat man so etwas schon mal erlebt?“, plusterte sich Onkel Jens auf. „Wie kann ein Mensch so dermaßen dumm sein? Inga, du hast es wieder einmal geschafft. Ich bin sehr, sehr enttäuscht von dir!“

Ingas Vater hatte bereits auf die Rückkehr der Nachtschwärmer gewartet. Kaum waren seine Tochter und die Knickerbocker eingetreten, hatte er sich auf sie gestürzt.

Er bemerkte sofort, dass etwas geschehen war: Lilo trug fremde Klamotten und Axels Haar war noch feucht.

Augenblicklich begann das Verhör. Leugnen war zwecklos. Er fand alles heraus.

Inga hatte ihre Cousine und deren drei Freunde zu einem nächtlichen Spaziergang aufgefordert und zur Schwarzen Bucht geführt. Axel und Lilo waren schwimmen gewesen und in eine gefährliche Situation geraten.

Von der Hand aus der Tiefe wollte Onkel Jens nichts wissen. Er war Hochschulprofessor für Mathematik und glaubte nur an Zahlen und Fakten.

Inga hatte den Blick gesenkt. Sie sagte kein Wort und ließ die Strafpredigt über sich ergehen.

Onkel Jens geriet immer mehr in Fahrt. Ständig fuhr er sich mit den Händen durchs Haar. Es gefiel ihm offensichtlich, dass er einen Grund zum Toben hatte.

Dominik wunderte sich, dass Onkel Jens nicht ein einziges Mal das Wort an die Knickerbocker richtete. Er brüllte nur Inga an. Sie musste diese Wutausbrüche schon gewohnt sein: Die Vorwürfe und Beschimpfungen schienen wie Regentropfen an ihr abzuprallen.

„Du bist wirklich das dümmste Kind der Welt!", donnerte Onkel Jens. „Ich kann einfach nicht glauben, dass du meine Tochter bist."

Und ich kann nicht fassen, dass der Typ Ingas Vater ist!, dachte Lilo, die das Verhalten des Onkels ebenfalls sehr seltsam fand.

HABEN ENGEL ROTE HAARE?

Nur wenige Stunden später kehrte Lilo erneut in die Schwarze Bucht zurück.

Obwohl es bereits heller wurde, hatte man den Eindruck, dass das Tageslicht nicht bis in die Bucht vordrang. Der Strand und die Felsen schimmerten rötlich braun, genau wie in der abendlichen Dämmerung. Das Wasser des Meeres aber war noch dunkler.

Lilo wagte sich Schritt für Schritt in das eisige Wasser.

Die schleimige Algenschicht unter ihren Füßen empfand sie als besonders ekelig. Dem Superhirn der Bande kam es so vor, als würde sie über Quallen gehen. Angewidert verzog Lilo das Gesicht. Sie brauchte eine Weile, bis sie sich überwinden konnte weiterzugehen.

Das Wasser reichte ihr noch nicht einmal bis zu den Knien. Es war glasklar – und trotzdem konnte sie ihre Zehen nicht sehen!

Das Meer schluckt das Licht, ging es ihr durch den Kopf.

Bald reichte Lilo das Wasser bis zur Hüfte. Der Grund fiel steil ab. Sie begann zu schwimmen.

Um sie herum war es totenstill. Sie drehte sich mehrere Male im Kreis und suchte mit den Augen das Ufer ab.

Es war niemand zu sehen.

Irrte sie sich oder waren hier in der Schwarzen Bucht die Bäume und Sträucher vertrockneter und kahler als in der Umgebung? Nein, es war keine Täuschung! Der Tod schien auch die Pflanzen umklammert zu haben und nicht loszulassen.

Lilo war ungefähr zwanzig Meter vom Ufer entfernt und würde bald die Stelle erreichen, an der Axel von der Hand aus der Tiefe berührt worden war.

Bei jedem Schwimmzug gingen von ihr Wellenringe aus, die größer und größer wurden. Sie waren die einzige Bewegung auf der glatten Oberfläche.

Von Sekunde zu Sekunde wuchs Lilos Anspannung. Sie gestand es sich nicht gerne ein, aber sie hatte große Angst.

Sie drückte das Kinn an die Brust und starrte ins Wasser. Falls die Hand auftauchte, wollte sie ihr rechtzeitig ausweichen können.

Nichts Bedrohliches war zu erkennen, aber sie konnte auch höchstens zwanzig oder dreißig Zentimeter tief schauen.

Die Hand überraschte Lilo. Sie erschien nämlich nicht aus der Tiefe, sondern sauste wie ein Raubvogel von oben auf sie herab. Sie wurde an der Schulter gepackt und untergetaucht. Das Wasser schlug über ihrem Kopf zusammen und sie versank in der todbringenden Finsternis.

Die Finger der Hand brannten wie Feuer, obwohl sie aus purem Eis zu bestehen schienen. Lilo konnte sich schon die roten Wundmale vorstellen, die sie auf ihrer Haut hinterlassen würden.

So wie ein tonnenschweres Gewicht drückte die Hand Lilo zum Meeresgrund. Auch sie sollte dort unten ihr Grab finden, in den Algen, die sich ihr entgegenstreckten.

Der Griff an Lilos Schulter wurde immer fester. Es tat schrecklich weh.

Lilo ging die Luft aus. Sie würde jämmerlich ertrinken!

Die Hand schüttelte sie. Lilo hatte das Gefühl, gleich zu platzen. Der Druck des Wassers in der Tiefe, die eiskalte Hand, der Sauerstoffmangel und die Ausweglosigkeit waren wie Dynamit. Sie öffnete in Panik den Mund. Zu spät fiel ihr ein, dass nun Wasser in ihre Lungen dringen würde.

In ihrer Brust braute sich ein Schrei zusammen. Und plötzlich konnte sie ihn auch ausstoßen. Er brach wie eine Explosion aus ihrem Hals.

Wo blieben die Luftblasen? Aus ihrem Mund kamen keine Luftblasen! Nur der Schrei.

Sie war tot.

„Lilo!", hauchte ihr eine Stimme ins Ohr.

Sie musste an das grelle Licht denken, von dem sie gehört hatte. Fast alle Menschen, die dem Tod ins Auge gesehen hatten, erzählten von einem gleißenden Licht. Das sah sie nun.

„Lilo!", hörte sie die Stimme wieder. Neben dem Licht tauchte eine Haarsträhne auf. Es waren rote Haare.

Haben Engel rote Haare?, fragte sich Lilo.

„Lilo! Lilo, sag doch was! Bist du okay?", wisperte jemand. Inga stand neben Lilos Bett. Sie hatte eine Taschenlampe in der Hand und leuchtete ihr damit ins Gesicht.

Lilo war in dieser Nacht nicht noch einmal in der Schwarzen Bucht gewesen. Sie hatte einen Albtraum gehabt – einen Albtraum, der schrecklich wirklich gewesen war.

Das lange T-Shirt, das Lilo trug, klebte an ihrem Rücken. Sie war völlig nass geschwitzt. „Was'n los?", lallte sie.

Inga kauerte sich neben Lilos Bett und stützte sich auf die Kante. „Ich muss unbedingt mit dir reden! Bitte! Ich habe die ganze Nacht kein Auge zumachen können."

Lilo konnte Inga nicht ausstehen. Sie war seit der Ankunft der Bande vor zwei Tagen unerträglich gewesen.

„Was gibt's?", brummte Lilo verdattert.

Inga suchte nach Worten. „Ich … ich … es ist so, es tut mir wirklich leid wegen gestern Abend. Ihr findet mich grässlich. Und das verstehe ich auch."

Lilo richtete sich auf. So freundlich hatte sie Inga noch nicht erlebt.

„Es liegt an meinem Vater: Er nörgelt ständig an mir herum. Nichts kann ich ihm recht machen. In der Schule bin ich ihm nicht gut genug. Meine

Hobbys findet er dumm, meine Freunde auch. Er hat mich noch nie gelobt. Und andauernd hält er mir Poppi und euch drei als leuchtendes Beispiel vor. Ich habe meine Cousine erst zweimal gesehen. Das letzte Mal vor vier Jahren. Aber trotzdem erzählt er mir immer, wie stolz er auf seine Nichte ist und wie entsetzlich er mich findet. Kannst du dir vorstellen, wie das nervt?“

„Ja! Das kann ich mir sogar sehr gut vorstellen!“, flüsterte Lilo mitfühlend.

„Nur deshalb war ich so gemein zu euch. Ihr seid schwer in Ordnung. Es tut mir so leid. Kannst du das den anderen erklären? Ich möchte gern, dass wir Freunde werden. Bitte, gebt mir eine Chance! Ja?“ Inga sah Lilo flehend an.

„Na klar!“, antwortete Lilo. „Gleich morgen früh werde ich den anderen erzählen, was los ist.“

„Danke, du bist super!“, sagte Inga und ihre Stimme klang herzlich und froh.

DER RAUBZUG

Es hatte einen Grund, dass die Knickerbocker Ende Juni nach Norddänemark gekommen waren.

Onkel Jens und Inga wohnten in einem kleinen Holzhaus in Fyrekit, einem Dorf in Jütland, in dem alle drei Jahre zur Sommersonnenwende ein Wikingerfest stattfindet. Poppis Onkel fand, dass seine Nichte und ihre Freunde es unbedingt einmal miterleben sollten. Deshalb hatte er die vier eingeladen und Axel, Lilo, Poppi und Dominik hatten begeistert zugesagt.

Onkel Jens war der Bruder von Poppis Vater und wie dieser ein Wissenschaftler und Forscher. Er war ein ehrgeiziger Mann, der Tag und Nacht mit seinen Projekten und Experimenten beschäftigt war.

Seine dänische Frau hatte ihn vor längerer Zeit verlassen und ihm die Verantwortung für Inga übertragen. Er kümmerte sich allerdings nur wenig um seine Tochter.

Am Morgen nach der Begegnung mit der Hand aus der Tiefe schlossen die Knickerbocker und Inga Frieden. Inga war darüber sehr erleichtert.

„Heute ist der Raubzug!“, kündigte Inga beim Frühstück an.

„Ein Raubzug – wie soll ich das verstehen?“, wollte Dominik wissen.

„Zu Beginn des Festes verkleiden sich alle Kinder aus Fyrekit als Wikinger und ziehen von Haus zu Haus. Sie klopfen an die Tür und verlangen nach Schätzen. Die Hausbewohner müssen dann Schokolade, Bonbons oder kleine Geschenke in ihren Beutesack werfen“, erzählte Poppis Cousine.

„Klingt nicht schlecht!“ Axel, der wild auf Süßigkeiten war, grinste.

„Und wenn jemand nichts gibt?“, erkundigte sich Lilo.

„Dann dürfen wir demjenigen einen Streich spielen. Wir kleben zum Beispiel Zeitungspapier auf die Fensterscheiben. Oder wir wickeln das Haus mit Klopapier ein. Oder wir vernageln die Tür, sodass die Leute nicht mehr rauskönnen“, antwortete Inga mit einem verschmitzten Funkeln in den Augen.

„He, das klingt echt cool! Ich bin zwar kein Kleinkind mehr, aber das macht bestimmt Spaß!“, stellte Axel fest.

Inga holte aus einem Abstellraum eine Kiste, in der sie alte Klamotten, Säckchen und mehrere Wikingeräxte aus Plastik aufbewahrte – Überbleibsel von vergangenen Wikingerfesten.

Schnell bastelten sich die Knickerbocker Kostüme, klebten sich Wollbärte an und begannen, Grimassen zu schneiden. Axel und Dominik bauten alte Rührschüsseln zu Helmen um und führten diese stolz den Mädchen vor. Poppi und Lilo bogen sich vor Lachen. Die Jungen sahen einfach zu komisch aus!

Endlich waren die fünf Wikinger fertig. Als sie sich im Spiegel betrachteten, fielen ihnen fast die angeklebten Bärte ab.

„Unsere Feinde wären vor Lachen gestorben! Wir hätten jeden Kampf gewonnen!“, kicherte Dominik.

Inga schlug vor, sich aufzuteilen. Lilo und Dominik kamen mit ihr, Axel und Poppi zeigte sie Häuser, die sie auf eigene Faust „plündern“ sollten.

„Wenn wir zu fünft bei einem Haus auftauchen, fällt für jeden Einzelnen zu wenig ab“, erklärte sie.

Der Raubzug wurde ein voller Erfolg. Nach einer Stunde war der Sack von Lilo und Dominik voll und schwer.

Dominik hatte Schauspieltalent bewiesen und eine urkomische Show abgezogen. Er schnitt beeindruckende Grimassen, kämpfte mit unsichtbaren Gegnern, gab unverständliches Zeug von sich und stieß Kampfschreie aus, die mehrere Hunde zum Jaulen brachten.

„Ich habe gar nicht gewusst, dass Plündern müde macht!“, sagte Lilo nach einer Weile.

Sie beschlossen, noch fünf Familien heimzusuchen und dann umzukehren.

Das nächste Haus lag in einem romantischen Garten mit herrlichen Blumen und Obstbäumen. Es gab keinen Zaun und ein weißer Kiesweg führte zum Eingang.

Inga klopfte an die hellgelb gestrichene Tür, die erst nach einer Weile geöffnet wurde.

Ein Mädchen mit langem, gewelltem Haar steckte den Kopf heraus. Als sie die „Wikinger“ sah, verzog sie das Gesicht. Es war ihr anzusehen, dass sie den Raubzug für kindisch hielt. Sie drehte sich um und rief etwas auf Dänisch ins Haus.

Dominik gebärdete sich dieses Mal besonders wild und drängte sich an dem Mädchen vorbei, das ihn allerdings sogleich zurückstieß. Hastig strich es sich eine Haarsträhne hinters Ohr und rief ungeduldig nach seiner Mutter.

Eine ungefähr fünfzigjährige Frau erschien und wischte sich die Hände an ihrer Schürze ab.

Lilo streifte sie nur mit einem Blick, dann wandte sie sich sofort wieder dem Mädchen zu. Es trug den Ohrklipp – den zweiten Muschelohrklipp!

„Entschuldigung, sprichst du Deutsch?“, fragte Lilo.

Das Mädchen nickte mürrisch. „Wir müssen in der Schule Deutsch lernen, ob wir wollen oder nicht!“, sagte sie.

„Du warst gestern Nacht in der Schwarzen Bucht. Nicht wahr?“, wollte Lilo wissen.

Das Mädchen stutzte. Es war völlig überrascht und zögerte mit der Antwort. Für Lilo, das Superhirn, stand fest, dass sie mit ihrer Vermutung richtig lag.

„Nein, ich war hier und habe geschlafen. Wie kommst du denn auf so eine Idee?“, erwiderte das Mädchen. Es war plötzlich sehr nervös.

„Wir haben dich gesehen. Du hast zwei Kerzen angezündet und eine Handvoll Blüten ins Meer geworfen. Du hast einen schwarzen Schleier getragen, stimmt's?“

„Nein! Was soll dieser Blödsinn?“ Das Mädchen schüttelte energisch den Kopf.

Die Mutter kam nun mit ein paar Süßigkeiten zurück, die sie in Dominiks Sack warf. Sie sagte etwas zu ihrer Tochter und nannte sie Ulla.

„Doch, du warst das! Ich weiß es!“, entgegnete Lilo.

„Nein, du irrst dich! Ich lasse mir nichts in die Schuhe schieben …" Ulla brach mitten im Satz ab.

Lilo horchte auf. Ulla wollte sich nichts in die Schuhe schieben lassen. Was sollte das bedeuten? Es war doch kein Verbrechen, in der Nacht zur Bucht zu gehen. Es war auch nicht verboten, Kerzen anzuzünden und Blumen ins Meer zu streuen.

Doch wenn das Mädchen ein schlechtes Gewissen hatte, sah das natürlich anders aus. Was hatte Ulla zu verbergen? Warum war sie zu so später Stunde am Meer gewesen? Und wozu hatten die Kerzen und die Blumen gedient? Warum stritt sie ihren Ausflug so hartnäckig ab?

Lilo war klar, dass aus Ulla nichts herauszubekommen war. Sie musste sich etwas anderes einfallen lassen, wenn sie mehr erfahren wollte.

DER SCHATTEN

„He, Axel, du stehst doch auf blonde Mädchen!", platzte Lilo beim Mittagessen heraus.

Ihrem Freund fiel vor Überraschung der Löffel aus der Hand.

„Hast du einen Knall?", knurrte Axel und beugte sich verlegen über seine rote Grütze.

„Klar fährst du auf blonde Mädchen ab!", meinte Lilo lachend.

Axel hob den Löffel und drohte ihr an, ihr schneeweißes T-Shirt mit einer Portion des roten Muses zu verzieren.

„Reg dich ab, Kleiner!", sagte das Superhirn beschwichtigend.

Diese Bemerkung brachte Axel nun endgültig zur

Weißglut. Seine Nachspeise sauste durch die Luft und traf Lilo mit einem lauten Klatschen.

Poppi, Dominik und Inga kicherten. Onkel Jens aber runzelte missbilligend die Stirn. Er verkniff sich die Strafpredigt wahrscheinlich nur, weil die vier Knickerbocker zu Besuch waren. Da musste man wohl schon einmal ein Auge zudrücken.

„Ich habe eine Spezialaufgabe für dich, Axel!", kündigte Lilo an. „Eine Spezialaufgabe, die nur ein gut aussehender Kerl wie du erfüllen kann, der blonde Mädchen mag."

„Hör endlich auf!", schnauzte Axel sie an.

Als Onkel Jens aufstand, um in sein Arbeitszimmer zurückzukehren, konnte Lilo ihrem Knickerbocker-Freund den Plan erklären.

„Es geht um Ulla: Ich will unbedingt wissen, warum sie Kerzen auf die Klippen in der Schwarzen Bucht stellt und Blumen ins Wasser streut. Deshalb sollst du dich an sie heranmachen! Versprüh deinen Charme! Lächle sie nett an! Und zieh ihr die Wahrheit aus der Nase!"

Axels Zorn verflog. Er fühlte sich sogar geschmeichelt. Inga versprach, ihn zu Ullas Haus zu bringen, wo Axel eine Reifenpanne an seinem Fahrrad vortäuschen sollte. Vielleicht half ihm das Mädchen …

Lilo hoffte, dass Axel nicht zu jung war, um für Ulla interessant zu sein. Lilo schätzte ihr Alter auf fünfzehn oder sechzehn Jahre.

Na ja, einen Versuch ist es wert!, dachte das Superhirn.

Lilo selbst wollte am Nachmittag Jörgen aufsuchen und ihm die geborgten Klamotten zurückgeben. Sie hatte vor, bei dieser Gelegenheit auch noch mehr über die Hand aus der Tiefe zu erfahren.

„He, Inga, hast du ein Fernglas?“, fragte Lilo.

Poppis Cousine verdrehte die Augen. „Eins? Ich habe vier: Du kannst dir eins aussuchen. Mein Herr Papa hat sich in den Kopf gesetzt, dass ich Ornithologin werden soll. Den ganzen Tag soll ich Vögel beobachten und bestimmen, um welche Arten es sich handelt!“

Lilo seufzte. Mit schwer erziehbaren Eltern hatte man es manchmal wirklich nicht leicht. Sie entschied sich für das stärkste Fernglas, mit dem man aus mehreren Metern Entfernung mühelos Zeitung lesen konnte, und hängte es sich um.

Sie lieh sich das Fahrrad von Onkel Jens und fuhr damit zur Schwarzen Bucht.

Es war ein heißer Sommertag und die Sonne brannte vom Himmel. Obwohl Lilo nur ein weites

T-Shirt und kurze weiße Shorts trug, schwitzte sie ziemlich.

Als sie das Birkenwäldchen erreichte, hielt sie an und sprang vom Sattel. Das Rad war etwas zu hoch für sie, was das Fahren anstrengend machte. Sie zog die Gummibänder aus ihrem Haar. Manchmal gingen ihr die Zöpfe auf die Nerven. Sie öffnete sie und schüttelte die blonde Mähne, bis sie ihr über die Schulter fiel.

Dann stieg sie wieder auf und fuhr weiter. Ein leichter Wind blies ihr entgegen und sie spürte ihre langen blonden Haare wehen. Das Gefühl war toll und ihr war leicht ums Herz.

Jörgen war nicht zu Hause. Lilo klopfte mehrere Male, doch niemand öffnete ihr. Als sie jedoch den Knauf drehte, ging die Tür auf. „Jörgen? Bist du da?“, rief Lilo.

Keine Antwort.

Unter dem Arm hielt Lilo den Pulli und die Jeans. Sie wollte die Kleidungsstücke nicht einfach vor die Tür legen und beschloss, sie in die Küche zu tragen.

Schnell durchquerte sie den engen Vorraum und betrat die Wohnküche, in der sie in der Nacht zuvor gesessen hatten.

Auf dem Tisch standen mehrere große Kartons,

die mit länger haltbaren Lebensmitteln gefüllt waren. Lilo sah Dosenwurst, Fertigsalate, Nudeln, Gläser mit Tomatensoße und zahlreiche Saft- und Wasserflaschen. Die Schachteln waren aufgerissen und einige Dosen daraus entnommen worden. Jörgen musste einen Großeinkauf gemacht haben.

Lilo legte die Klamotten auf einen Stuhl und sah sich nach einem Zettel und einem Stift um. Sie wollte Jörgen einen kleinen Gruß hinterlassen.

Da sie nichts anderes fand, riss sie ein Stück Pappe von einer der Schachteln und schrieb mit einem Kuli, der auf dem Tisch lag: *Danke! Entschuldige, dass ich einfach reingekommen bin! Lilo.*

Sie verließ das Haus und zog die Tür hinter sich zu. Lilo hatte das Fahrrad am Rande des Birkenwäldchens abgestellt. Sie wollte sich gerade auf den Rückweg machen, als sie ein heftiges Rauschen hörte.

Jörgens Haus lag ungefähr auf halber Höhe der Klippe auf einer natürlichen Felsterrasse.

Das Rauschen kam von oben.

Lilo ging hinter das Gebäude und entdeckte dort einen schmalen Weg. Er zog sich in Serpentinen zu der Felswand hinauf, die die Schwarze Bucht im Osten begrenzte.

Oben angelangt hatte Lilo einen wunderschönen Ausblick auf das offene Meer. Als sie in die Bucht hinunterblickte, überkam sie ein mulmiges Gefühl. Das Wasser war dunkel und unheimlich. Das Ufer fiel steil ab und das Meer musste in der Bucht ungewöhnlich tief sein.

Die Schwarze Bucht wurde von zwei schmalen Landzungen gebildet, die sich fast zu einem Kreis schlossen. Die oberen Kanten der Felsen reichten am Eingang der Bucht bis auf etwa fünfzig Meter aneinander heran, während der untere Teil der Wände mindestens doppelt so weit voneinander entfernt war. Die Felsen bildeten also eine Art Bogen. Dort änderte sich auch die Farbe des Wassers. Jenseits des Tores war das Meer hellblau.

Lilo knetete ihre Nasenspitze. Das tat sie immer, wenn sie nachdachte. Sie setzte das Fernglas an und suchte die Bucht gründlich ab. Kein Fleckchen ließ sie aus. Gab es etwas Verdächtiges zu erspähen? Zeigte sich die Hand aus der Tiefe auch, wenn niemand im Wasser schwamm?

Lilo war so vertieft in ihre Beobachtungen, dass sie den Schatten hinter sich nicht bemerkte, obwohl er ihr schon folgte, seit sie aus dem Birkenwald getreten war.

Sie konnte nichts Außergewöhnliches entdecken. Das Wasser war glatt wie ein Spiegel. Doch das Rauschen war hier deutlich lauter. Lilo erinnerte sich, warum sie den Felsen eigentlich erklommen hatte, und folgte dem Geräusch. Sie überquerte eine ausgetrocknete Wiese mit harten, widerstandsfähigen Gräsern. Auf der anderen Seite entdeckte sie eine zweite Bucht.

Am Rand der Wiese floss ein breiter Bach mit hoher Geschwindigkeit auf die Felskante zu und stürzte fast senkrecht in die Tiefe. Das war also der Ursprung des Rauschens!

Lilo schlenderte bis zum Ufer des Bachs und ging an ihm entlang bis zu der Stelle, an der er sich in die Bucht ergoss. Vorsichtig tastete sie sich bis zum äußersten Rand der Klippe vor. Es gab weder ein Geländer noch war eine Sicherungskette gespannt.

Das Wasser raste wild tosend über die Felsen und schoss in einem eleganten Bogen mindestens vierzig Meter in den Abgrund. Dort klatschte es gegen hohe Steine, die wie faule Zähne aus dem Meer ragten.

Donnernd teilte sich der Wasserstrom, um dann noch einmal weiß schäumend in die Höhe zu steigen. Die Gischt bildete auf der Meeresoberfläche eine weiße Insel. Am Rand wurde der Schaum dunkler und vermischte sich mit dem Salzwasser.

Da möchte ich nicht runterfallen!, dachte Lilo, als sie sich zurückbeugte.

In diesem Moment packten sie zwei kräftige Hände und stießen sie nach vorn.

AXELS UNFALL

„Kennst du diese Ulla?“, fragte Axel Inga, als sie ihn zu deren Haus begleitete.

Inga nickte. „Weißt du, ich bin nicht das ganze Jahr hier, nur im Sommer. Sonst leben wir in Kopenhagen, weil mein Vater dort an der Universität unterrichtet“, erklärte Inga. „Aber ich habe schon viele Geschichten über sie gehört: Früher wurde sie Scherzkeks-Ulla genannt.“

„Wie bitte?“, rief Axel erstaunt.

„Ja, Scherzkeks-Ulla – weil sie ständig irgendwelche Streiche ausgeheckt hat. Ich glaube, sie ist den Leuten damit schwer auf den Geist gegangen. Aber den Spitznamen habe ich jetzt schon länger nicht mehr gehört.“

Sie hatten den Weg erreicht, der zum Grundstück des Hauses führte, in dem Ulla lebte. Er war etwas abschüssig und endete genau zwischen zwei Blumenbeeten. Dort begann dann der Kiesweg zum Haus.

Axel warf einen prüfenden Blick auf das Fahrrad, das er sich von Inga ausgeborgt hatte. Er hatte es geschoben, damit das Mädchen nicht neben ihm herlaufen musste.

„Alles klar! Das wird eine tolle Show!“, versprach Axel. Er gab Inga ein Zeichen, sie sollte sich hinter einer Reihe von Büschen verstecken. Er wollte das Haus noch eine Weile beobachten, bevor er endgültig loslegte. Auf den ersten Blick sah es aus, als sei niemand da.

Fast eine Stunde verstrich und Inga wurde langsam ungeduldig: „Wie lange willst du denn noch warten?“

„Ein paar Minuten“, flüsterte Axel.

Da war plötzlich vom Haus her ein Geräusch zu vernehmen.

Ullas Mutter trat aus der Tür. Hinter ihr erschien Ulla.

Mist!, dachte Axel. Die beiden waren die ganze Zeit zu Hause und gehen jetzt weg! Axel hätte sich ohrfeigen können. Warum hatte er nur so lange gezögert? Jetzt war die Chance vorbei!

Die Frau rief ihrer Tochter etwas zu und das Mädchen winkte.

„Ihre Mutter muss in die Stadt und will in zwei Stunden zurück sein“, übersetzte Inga.

Axel strahlte. Ulla blieb also da. Allein! Umso besser!

Als Ullas Mutter verschwunden war, schnappte er sich das Fahrrad und sagte zu Inga: „Drück mir die Daumen und hab keine Angst!“

Bevor Inga fragen konnte, was er damit meinte, war er schon losgefahren. Er raste den Hügel hinunter auf den Kiesweg zu. Kaum spürte er die Steinchen unter den Rädern, zog er beide Bremsen gleichzeitig. Das Rad schlitterte lautstark über den Kies, brach hinten aus, und Axel warf sich elegant zur Seite.

Er landete der Länge nach in einem der Beete. Die Blumen dämpften den Aufprall. Mit viel Getöse krachte das Fahrrad auf den Boden.

Danach herrschte für ein paar Sekunden Stille. Axel tat so, als wäre er geschockt, und rührte sich nicht. Dann aber begann er laut um Hilfe zu rufen, stöhnte und wand sich vor Schmerz.

Inga wurde unruhig. Axels Vorstellung wirkte täuschend echt. Hatte er sich auch wirklich nicht verletzt?

Die Eingangstür wurde aufgerissen und Ulla stürmte heraus. Sie redete auf Axel ein, der ihr zu vermitteln versuchte, dass er nur Deutsch und Englisch verstand.

„Hast du dir wehgetan?“, erkundigte sich das Mädchen auf Deutsch.

Axel nickte und biss die Zähne zusammen. Ulla half ihm auf die Beine. Axel gab vor, mit seinem linken Fuß nicht auftreten zu können. Er jammerte bei jedem Schritt und schien gegen aufsteigende Tränen anzukämpfen.

„Komm ins Haus! Ich … ich rufe einen Arzt“, bot Ulla an. Axel folgte ihr.

Ulla führte ihn in das düstere Vorzimmer, in dem er sich auf einen Holzsessel sinken ließ und nicht mehr zu ächzen aufhörte. Sie lief in einen der angrenzenden Räume, um nach dem Telefonbuch zu suchen.

Das tragbare Telefon stand auf einem kleinen Regal an der Wand. Axel entfernte rasch den Akku.

Ulla kam zurück und bemerkte sofort das leere Display.

Das blonde Mädchen seufzte. „So ein Pech, dass gerade jetzt der Akku alle ist ... Am besten wäre es, wenn du dein Bein hochlagerst.“ Ulla richtete für den Verletzten im Wohnzimmer einen weichen Polstersessel her.

„Ich bin Ulla!“ Das Mädchen lächelte und strich sich ein paar lange blonde Haarsträhnen hinter die Ohren. Dann kam sie näher, um Axel auf Verletzungen hin zu untersuchen, aber der Knickerbocker wehrte ab.

„Verstaucht ... mein Bein ist verstaucht und ich habe sicher ein paar blaue Flecken. Der Rest ist okay“, sagte der Junge schnell, als sie ihn vorsichtig abtasten wollte.

Axel sah sich um. Der Raum war klein, aber gemütlich. Auf dem Boden lagen bunte Flickenteppiche, an einer Wand war ein offener Kamin, an der anderen stand ein Schrank mit Glastüren und außer dem Lehnstuhl gab es noch ein breites Sofa.

Über dem Kamin, auf einem schmalen Brett, standen zwei gerahmte Fotos. Das eine zeigte Ulla. Es konnte nicht sehr alt sein, aber dennoch sah das Mädchen darauf ganz anders aus. Sein Gesicht war voller, fröhlicher, strahlender. Jetzt hatte Ulla tiefe dunkle Ringe unter den Augen und schien die Stirn ständig in Falten zu ziehen. Sie wirkte müde und bedrückt.

Auf dem zweiten Bild lächelte ein älteres Mädchen, das ihr sehr ähnlich sah. Sein dunkelblondes Haar war kurz geschnitten und nach hinten frisiert.

„Ist das deine Schwester?“, fragte Axel.

Ulla folgte seinem Blick und nickte.

„Wie heißt sie?“, erkundigte sich der Junge.

„Britta“, antwortete Ulla nach einer Weile. Sie starrte das Bild an und biss sich auf die Unterlippe.

„Wohnt sie auch hier?“, wollte Axel wissen.

Diesmal zögerte Ulla noch länger mit ihrer Antwort.

„Nein", sagte sie dann leise.

Sie murmelte etwas von Tee oder Kaffee und verschwand in Richtung Küche.

„Darf ich eure Toilette benutzen?", rief ihr Axel nach.

„Ja, natürlich, sie ist im ersten Stock!", antwortete Ulla.

Axel humpelte nach oben und hatte das Bad auch sofort gefunden. Er betrat es aber nicht, sondern streckte seinen Kopf in die anderen Zimmer.

Es gab ein großes Schlafzimmer. Daneben lag ein kleinerer Raum, der sehr ordentlich war. Er war hübsch möbliert und die geblümten Vorhänge und Tapeten ließen vermuten, dass er einem der beiden Mädchen gehörte. Im Nebenzimmer, das ähnliche Tapeten und Vorhänge hatte, herrschte ein ziemliches Chaos.

Hier wohnt Ulla, kein Zweifel!, dachte Axel.

Er betrat das Zimmer und prägte sich alles gut ein: das ungemachte Bett mit dem alten Teddybär, den Wandschrank, den Schreibtisch, den zerschlissenen Polstersessel, die kleine Kommode und die Poster von Popstars, die schon seit einiger Zeit nicht mehr in waren. Über dem Bett entdeckte Axel dann etwas, was ihm merkwürdig vorkam.

Da knarrte die Treppe. Ulla war im Anmarsch! Was jetzt?

Axel eilte aus dem Zimmer und ließ sich im Flur auf den Boden sinken. Er rieb sein Bein und stöhnte.

Ulla tauchte auf. „Warst du schon auf der Toilette?“, fragte sie. Ihre Stimme klang misstrauisch.

Axel verneinte. „Mein Bein … ich konnte nicht weiter!“, wimmerte er. Entsetzt fiel ihm auf, dass er sich das rechte Bein hielt.

Ulla starrte ihn an. Ihre Miene verhieß nichts Gutes. Sie hatte die Augen leicht zusammengekniffen.

Axel hätte in diesem Augenblick gerne ihre Gedanken lesen können.

„Der Tee ist fertig“, sagte sie schließlich. „Soll ich dir helfen?“ Sie streckte ihm die Hände entgegen und zog ihn hoch. Axel schenkte ihr ein dankbares Lächeln und hinkte zur Toilette.

Hatte Ulla den Schwindel durchschaut?

DER UNBEKANNTE

Lilos Oberkörper hing über der Klippe. Unter ihr schäumte das Meer, das sich mit den Fluten des Wasserfalls vermischte.

Die Felsen ragten zwischen den Wellen wie Speerspitzen in die Höhe. Die Hände des Unbekannten hielten Lilo eisern an den Schultern fest. Der Angreifer schien sich an ihrer Todesangst und ihrem vor Entsetzen verzerrten Gesicht zu weiden. Einige Male tat er so, als würde er sie loslassen, packte dann aber im allerletzten Augenblick wieder fester zu.

Lilos Schuhspitzen berührten schon die sandige, feuchte Kante der Klippe. Sie hatte Mühe, Halt zu finden.

„Bitte, tun Sie mir nichts!“, wollte Lilo rufen, aber ihre Stimme versagte. Noch nie hatte sie sich so hilflos gefühlt.

Plötzlich rutschten ihr die Füße weg und glitten über den Rand des Felsens. Es ging wahnsinnig schnell und kam auch für den Unbekannten überraschend. Er versuchte, Lilo festzuhalten, aber es war zu spät.

Nach etwa einer Stunde verabschiedete sich Axel von Ulla. Herzlich bedankte er sich für ihre Hilfe.

„Wäre cool, wenn wir uns wiedersehen. Gibt's hier so was wie eine Disco? Wird beim Wikingerfest auch getanzt?“, fragte er.

Ulla gab keine Antwort. Sie war völlig verändert, seit Axel sich das falsche Bein gerieben hatte. Sie hatte kaum noch ein Wort mit ihm gesprochen. Axel war froh, endlich wieder im Freien zu sein.

Er hob das Fahrrad auf und schob es hinkend den Hügel hinauf. Erst als Ulla ihn bestimmt nicht mehr sehen konnte, rief er nach Inga.

Das rothaarige Mädchen kam hinter den Büschen hervor und klopfte sich Blätter von den Jeans. „Und? Wie war's?“, wollte sie wissen.

Axel zuckte mit den Schultern und meinte: „Ich

bin mir nicht sicher, was das zu bedeuten hat: Ulla hat in ihrem Zimmer ein Bild ihrer großen Schwester hängen. Daneben habe ich das Foto eines Typen entdeckt. Es ist unscharf und sieht aus, als wäre es stark vergrößert worden. Vielleicht ist es ein Ausschnitt aus einem Gruppenbild – zum Beispiel aus einem Klassenfoto."

Inga verstand kein Wort. „Na und?"

„Hinter den Rahmen stecken Blumen!", erzählte Axel. „Ich habe sofort gedacht, die beiden sind tot."

Inga sah ihn fragend an. Sie hatte keine Ahnung, worauf Axel hinauswollte.

„Ulla behauptet, ihre große Schwester würde woanders leben. Aber das stimmt sicher nicht. Sie hat seltsam reagiert, als ich sie nach ihr gefragt habe. Kannst du vielleicht mehr darüber herausfinden?" Axel blickte Inga erwartungsvoll an.

Das Mädchen war geschmeichelt. Die Knickerbocker-Bande war zweifellos auf einen neuen Fall gestoßen und sie sollte mithelfen. Klasse!

„Im Dorf gibt es einen Laden, in dem man alles bekommt, was man so braucht. Die Besitzerin ist eine sprechende Pinnwand", sagte Inga. „Sie hört alles, sie sieht alles und sie tratscht für ihr Leben gern. Suchst du ein gebrauchtes Fahrrad, sag es ihr!

Bestimmt findet sie jemanden, der eins zu verkaufen hat. Willst du etwas über deine Nachbarn wissen, frag sie! Mit Sicherheit hat sie einiges über sie gehört. Also werde ich noch heute Nachmittag ein bisschen einkaufen gehen."

Axel war sehr gespannt, was Inga dabei in Erfahrung bringen würde.

Der stechende Schmerz in ihrem Rücken war so schlimm, als hätte ihr jemand ein Messer zwischen die Schulterblätter gerammt. Lilos T-Shirt zerriss. Zwei starke Arme umfassten ihren Bauch und zogen sie zurück auf die Klippe.

Das Geräusch sich entfernender Schritte war zu hören. Eine Männerstimme brüllte etwas.

Lilo blickte auf und sah Jörgen. Er hatte sie im letzten Augenblick vor dem Sturz in den Abgrund gerettet.

„Danke!", stieß sie keuchend hervor. „Wer war das?"

Jörgen zuckte mit den Schultern. Er kannte den Mann wohl nicht.

Lilo sah dem davonlaufenden Angreifer nach. Dieser blieb nun stehen, drehte sich um und hob drohend die Faust. Er hatte dunkles, langes, strähniges Haar und einen wilden Bart. Seine Kleidung war dreckig.

Der Mann schrie etwas, aber nicht einmal Jörgen schien ihn zu verstehen. Dann machte sich der Unbekannte endgültig aus dem Staub.

„Wieso bist du eigentlich hier?“, fragte Lilo.

„Weil ich einen längeren Spaziergang gemacht habe. Ich wollte gerade zum Haus zurück, als ich

diesen Irren mit dir kämpfen gesehen habe", erwiderte Jörgen.

„Danke!", sagte Lilo noch einmal.

Jörgen lud sie zu sich ein und bot ihr Kaffee an. Lilo wollte aber nur ein Glas Wasser trinken. Ihr Herz hatte sich immer noch nicht beruhigt und sie keuchte wie nach einem Tausendmeterlauf.

„Warte hier vor dem Haus! Ich hole dir ein Glas", meinte Jörgen und zeigte auf einen zerschlissenen Liegestuhl. „Leg dich hin, ruh dich aus! Ich bin gleich wieder da."

„Ich habe dir die Klamotten in die Küche gelegt", sagte Lilo. „Kann ich mir den Pulli gleich noch mal ausborgen?"

Einen Augenblick lang hatte Lilo das Gefühl, dass Jörgen wütend werden würde. Er riss Augen und Mund auf, nahm sich aber sofort zusammen und lächelte.

„Klar", antwortete er und verschwand im Haus.

In der Küche pfiff die seltsame Eisenbahnuhr.

Jörgen kehrte mit einem Krug Wasser, zwei Gläsern und dem Pulli zurück. Lilo trank den halben Krug leer.

„Jörgen, kannst du dir vorstellen, dass es eine logische Erklärung für die Hand aus der Tiefe gibt?

Eine merkwürdige Strömung? Oder vielleicht ein U-Boot?", fragte sie.

„Wie kommst du denn darauf?", wollte Jörgen wissen.

„Ich glaube nicht an Geister. Aber ich bin sicher, dass in der Schwarzen Bucht irgendetwas … irgendetwas …", Lilo suchte nach passenden Worten, „irgendetwas Ungewöhnliches vorgeht."

Der Forscher sah zur Bucht und sein Blick wurde wieder wirr.

„Es ist nicht recht, die Totenruhe zu stören", murmelte er. Dann schüttelte er den Kopf. „Entschuldige, aber das passiert mir häufig! Ich war wohl auch gestern etwas weggetreten. Aber ich kann dich beruhigen: Ich bin vielleicht verwirrt, aber nicht gefährlich!"

Lilo musste schmunzeln. Jörgen war schon ein schrulliger Typ.

„Die Schwarze Bucht ist kein Platz für ein junges Mädchen wie dich. Du solltest tanzen gehen, feiern und Spaß haben!" Er lächelte. „Hier aber sollte Ruhe herrschen – Ruhe, für die ich sorgen werde. Das bin ich meinen Vorfahren schuldig. Vielleicht liegt einer meiner Urahnen auf dem Meeresgrund, wer weiß?"

Lilo fand es an der Zeit, den Heimweg anzutreten. Nur im Haus von Ingas Vater fühlte sie sich wirklich sicher. Nie hätte sie sich träumen lassen, dass …

EIN MERKWÜRDIGER ANRUF

Am Abend fuhr Onkel Jens mit dem Auto fort. Er wollte einen Kollegen von der Universität besuchen, der in einem der Nachbarorte sein Sommerhaus hatte.

„Ich komme erst spät zurück. Fürchtet ihr euch?", fragte er die Knickerbocker.

Die vier schüttelten den Kopf. Fürchten? Sie? So ein Blödsinn!

Sie lagen mit Inga im Wohnzimmer in einer Sofaecke, die sie mit vielen Kissen und Schaffellen kuschelig hergerichtet hatten. Es stand schließlich eine Geheimkonferenz auf der Tagesordnung und niemand wusste, wie lange sie dauern würde.

Inga begann zu erzählen, was sie im Laden herausgefunden hatte: „Das Ganze ist wirklich merkwürdig. Also, Ullas Schwester heißt Britta und ist ungefähr fünf Jahre älter als sie. Vor ziemlich genau einem Jahr ist sie plötzlich ausgerissen, gemeinsam mit einem Jungen aus dem Dorf. Sein Name ist Claus. Die beiden haben ihren Eltern einen Brief hinterlassen, in dem sie ihnen mitteilten, dass sie sich lieben und frei sein wollen. Sie hielten den Mief hier nicht mehr aus und wollten deshalb nach Amerika auswandern."

Dominik fand das überhaupt nicht merkwürdig.

„Doch, ist es schon! Niemand, wirklich niemand wusste, dass Britta und Claus ineinander verknallt waren. Alle dachten, die beiden könnten sich nicht ausstehen. An dem Tag, an dem sie verschwunden sind, haben sie einander noch auf der Straße Tomaten nachgeworfen", fuhr Inga fort.

„Sie haben *was*?" Axel wollte seinen Ohren nicht trauen.

„Sie haben auf dem Markt gestritten, wer die letzte Melone bekommt. Und als Claus sie einfach an sich riss, hat ihn Britta mit reifen Tomaten bombardiert", erklärte Inga. „Übrigens weiß auch niemand, warum sie ihre Ersparnisse nicht angerührt haben."

Lilo trug Ingas Bericht in ein kleines Notizbuch ein. Die Geschichte war unglaublich.

Warum hatte die beiden innerhalb von wenigen Stunden die große Liebe erfasst? Und wie hatten sie ohne Geld auswandern können?

„Sag mal, gibt es überhaupt einen Beweis, dass die zwei in den USA angekommen sind?“, wollte Lilo wissen. „Vielleicht wurden sie entführt oder … ermordet!“

„Bestimmt nicht!“, erwiderte Inga. „Schon eine Woche nach ihrem Verschwinden haben sie eine Postkarte aus New York geschickt. Es trudeln alle paar Wochen Karten oder Briefe aus Amerika ein. Die beiden leben und scheinen dort sehr glücklich zu sein.“

Axel verstand nicht, warum Ulla die Fotos verehrte, als wären ihre Schwester und Claus tot.

Poppi war der Fall nicht nur unheimlich, sondern auch völlig unklar. „Was sollten bloß die Blumen und die Kerzen? Sie hat ja zwei angezündet!“

„Als wären Britta und Claus in der Schwarzen Bucht in die Tiefe gezogen worden“, murmelte Dominik.

„Eine höchst undurchsichtige Sache!“, stellte Lilo nachdenklich fest. Auch über den Mann, der sie am

Nachmittag beinahe die Klippen hinuntergestürzt hatte, war bis jetzt absolut nichts in Erfahrung zu bringen gewesen.

Das Schrillen des Telefons riss die fünf aus ihren Gedanken.

Poppis Cousine ging ran und meldete sich auf Dänisch.

Durch die offene Tür konnte man sie im Flur stehen sehen. Zuerst schien Inga dem Anrufer nur zuzuhören. Dann aber fragte sie etwas. Sie wiederholte die Frage mehrmals und brüllte schließlich in den Apparat.

Danach drückte sie die *Aus*-Taste und rannte ins Wohnzimmer zurück.

„Wer war das?", wollte Poppi wissen.

„Eine tiefe Stimme. Ich glaube, der Anruf kam von weit her. Es ging um euch: Ihr sollt verschwinden – sonst ereilt euch die Rache der Wikinger!" Inga blickte fragend von einem Knickerbocker zum anderen.

Lilo knetete ihre Nasenspitze und sagte: „Für diese Überraschung kommen mehrere Personen infrage. Aber selbstverständlich lassen wir uns von einer so lächerlichen Drohung auf keinen Fall einschüchtern!"

Die vier Knickerbocker saßen eine Weile schweigend da und starrten vor sich hin. Sie mussten in ein Wespennest gestochen haben.

„Inga, hast du ein Schlauchboot?“, erkundigte sich Lilo schließlich.

Das Mädchen nickte. „Es ist aber nicht aufgepumpt …“

„Macht nichts! Das ist schnell erledigt“, erwiderte Lilo. Sie schien angestrengt nachzudenken.

„Was hast du vor?“, fragte Dominik.

„Ich will die Hand aus der Tiefe ein bisschen reizen!“, verkündete Lilo.

„Wie bitte?“, schrien ihre Freunde im Chor.

„Einer von uns fährt mit dem Schlauchboot in die Schwarze Bucht hinaus und tut so, als würde er nach der Hand suchen – mit allen möglichen Messinstrumenten!“, erklärte Lilo und grinste.

„Du spinnst!“, meinten ihre Kumpel.

„Keineswegs!“, gab Lilo zurück. „Aber ich bin fest davon überzeugt, dass diese Hand aus der Tiefe gar nicht existiert. Ich will unbedingt wissen, wer daran interessiert ist, dass wir diesem Märchen auf den Leim gehen!“

„Hast du denn jemanden in Verdacht?“, fragte Dominik.

Lilo wiegte den Kopf. „Es gibt mehrere Möglichkeiten …“

Der Abend war kühl und deshalb holten die Knickerbocker das Schlauchboot aus dem Schuppen ins Wohnzimmer. Sie wollten es hier aufblasen und dann gemeinsam zur Bucht tragen.

Das Unternehmen war schwieriger als vermutet. Zuerst passte das Verbindungsstück zum Blasebalg nicht, dann mussten sie feststellen, dass der Blasebalg ein Loch hatte, und als das endlich geflickt war, entdeckten sie einen kleinen Riss im Boot. Es dauerte fast zwei Stunden, bis das Schlauchboot endlich seeklar war.

Plötzlich klirrte es in der Küche. Hatte jemand einen Stein durch das Fenster geworfen?

Erschrocken sprangen die Knickerbocker auf und stürzten aus dem Zimmer.

WEHRLOS

Der Fußboden war mit Glasscherben übersät und im Fenster zum Garten klaffte ein riesiges Loch.

Axel knipste das Licht an und sah sich um. Nein, es hatte niemand etwas hereingeworfen. Der Junge hatte mit einem Stein gerechnet, um den ein Zettel gewickelt war. Solche Botschaften hatten die Knickerbocker schon mehrmals erhalten.

Es klirrte wieder – diesmal im Esszimmer nebenan.

Inga, die an der Tür zum Esszimmer stand, begann am ganzen Körper zu zittern. „Ich … ich gehe da nicht rein“, sagte sie leise.

Auch Poppi und Dominik wichen einen Schritt zurück.

Lilo steuerte entschlossen auf die Tür zu und riss sie auf. Sie tastete nach dem Lichtschalter und bald ging die Deckenlampe an.

Auch das Esszimmerfenster war eingeschlagen worden. Sogar das Fensterkreuz hatte der Unbekannte zertrümmert.

Der Schlag musste mit großer Wucht ausgeführt worden sein. Durch das Loch in der Scheibe strömte die kühle Abendluft herein.

„Was machen wir jetzt?“, flüsterte Inga.

„Hat das Haus einen Keller?“, erkundigte sich Poppi.

Inga nickte.

„Nein, nicht in den Keller! Dort sitzen wir in der Falle!“, sagte Lilo leise.

Wieder zersplitterte Glas. Klirrend landeten die Scherben auf dem Boden. Es polterte, als hätte jemand einen schweren Gegenstand auf den Parkettfußboden geworfen.

„Das war im Wohnzimmer!“, hauchte Dominik.

Die Knickerbocker und Inga drängten sich eng aneinander. Sie waren äußerst angespannt. Atemlos lauschten sie in die Nacht.

Welches der Fenster würde als Nächstes daran glauben müssen?

Von draußen waren nur das Zirpen der Grillen und das Säuseln des Abendwindes zu hören.

Hatte sich der Angreifer aus dem Staub gemacht?

„Was will der von uns?“, wisperte Poppi.

Lilo legte einen Finger auf ihre Lippen. Sie durften sich durch keinen Laut verraten.

Das Deckenlicht! Mist, man konnte sie von draußen sehen!

Da knarrten irgendwo die Bretter des Holzfußbodens.

Lilo gab Inga und ihren Freunden mit dem Kopf ein Zeichen, ihr zu folgen. Sie wollte im Flur in Deckung gehen. Er lag in der Mitte des Hauses und hatte keine Fenster. Die Eingangstür würde der Unbekannte doch nicht auch einschlagen, oder?

Im Flur war es düster. Nicht einmal die Umrisse der wenigen Möbel waren zu erkennen. Noch immer dicht beieinander, schlichen die fünf auf Zehenspitzen voran.

Da zerriss ein grausiges Brüllen die Stille. Es war ein Kampfschrei – der Schrei eines Menschen, der sich entschlossen hatte, zum Angriff überzugehen und der vor nichts Halt machen würde.

Vor Schreck kreischten die Knickerbocker und Inga wie am Spieß. Sie drängten in Panik in ver-

schiedene Richtungen, schubsten einander und landeten auf dem Boden.

Aus dem Wohnzimmer sprang eine wilde Gestalt. Es war ein Wikinger. Er trug einen großen Helm, unter dem rotblondes Haar hervorquoll.

Wieder stieß der Wikinger seinen Kampfschrei aus. Er riss die Arme hoch: Ein langes, schweres Schwert blitzte auf. Drohend hob er es über den Kopf und schritt auf die verzweifelten Freunde zu.

Seine Füße steckten in Leder, das hochgeschlagen und an den Waden mit Schnüren umwickelt war. Die alten Holzdielen bebten unter seinen schweren Schritten.

Die Knickerbocker robbten nach hinten auf die Küchentür zu, aber es gab kein Entkommen. Wehrlos waren sie dem Wikinger ausgeliefert.

Er schrie noch einmal und ließ dabei sein Schwert niedersausen.

„VERSCHWINDET!"

Die Schwertspitze landete nur einen Zentimeter von Axels Bein entfernt im Fußboden.

Der Wikinger riss seine Waffe wieder hoch, ließ sie über dem Kopf kreisen und schlug abermals zu.

Lilo spürte einen Windhauch, als die Klinge neben ihrem Ohr vorbeizischte.

Dann wandte sich der Wikingerkrieger Dominik, Poppi und Inga zu. Und jedes Mal verfehlte er sein Ziel nur um wenige Millimeter.

Nach zehn Schlägen ließ er das Schwert über dem Kopf kreisen und wirbelte es vor seiner Brust hin und her, als wäre es eine Keule, mit der er jonglierte.

Es war absolut unmöglich, an diesen Mann heranzukommen.

Langsam schritt der Fremde nun rückwärts auf die Haustür zu. Er stieß Worte hervor, die auch Inga nicht verstand.

Als er bei der Tür angelangt war, drehte er sich um, sprang hoch und trat mit beiden Beinen dagegen. Das Holz barst und der Krieger stapfte vor sich hin grollend davon.

Die Knickerbocker und Inga saßen entsetzt da und starrten durch das Loch nach draußen. Keiner konnte fassen, was sich gerade zugetragen hatte.

„Kommt er … kommt er zurück?“, fragte Poppi mit heiserer Stimme.

Lilo schüttelte den Kopf.

Erst nach ein paar Minuten rafften sich die fünf auf. Sie waren ziemlich wackelig auf den Beinen. Als sie ins Wohnzimmer taumelten, erwartete sie der nächste Schreck. Das Schlauchboot war völlig zerstört. Der Wikinger hatte es mit seinem Schwert zerfetzt.

„Wer war das?“, wisperte Inga.

Lilo, die langsam zur Ruhe kam, brummte: „Jemand, der uns mit allen Mitteln von der Schwarzen Bucht fernhalten möchte!“

Dominik wusste, was das bedeutete: „Ich gehe davon aus, dass du nun erst recht und umso gründlicher nach der Hand aus der Tiefe suchen willst. Liege ich mit meiner Vermutung richtig oder sitze ich einer Täuschung auf?“

„Du sitzt gleich in der Wanne und nimmst ein eiskaltes Bad, wenn du weiter so kariert daherquatschst!“, knurrte Axel.

Ein Blick in Lilos Gesicht beantwortete Dominiks Frage. Das Superhirn der Bande war fest entschlossen, der Sache auf den Grund zu gehen! Jetzt erst recht!

Bevor Onkel Jens nach Hause kam, erhielten die Knickerbocker und Inga noch drei Drohanrufe. Am anderen Ende der Leitung war jedes Mal dieselbe Stimme. Sie flüsterte, hauchte und krächzte. Immer schienen die Anrufe von weither zu kommen.

Die Botschaft war klar: „Verschwindet! Alle! Verschwindet, solange ihr noch könnt! Beim nächsten Mal wird euch das Schwert nicht verschonen!“

Onkel Jens kippte fast aus den Latschen, als er die zertrümmerte Eingangstür und die kaputten Fenster sah.

Die Freunde schilderten ihm, was geschehen war, aber Poppis Onkel glaubte ihnen nicht. Seine buschigen Augenbrauen schoben sich zu einem dicken Strich zusammen.

„Ich hatte bisher wirklich eine hohe Meinung von euch. Meine Schwägerin hält zwar wenig von euren Abenteuern, aber mein Bruder war immer sehr stolz auf eure Spürnasen. Langsam frage ich mich aber, ob die Geschichten überhaupt stimmen. Heute lügt ihr, da besteht für mich kein Zweifel."

„Nein, alles, was wir dir erzählt haben, ist wahr!", rief Lilo empört, aber Onkel Jens brachte sie mit einer Handbewegung zum Schweigen.

„Ich will kein Wort mehr hören! Die Fenster sind wohl die Folge eines zu wilden Ballspiels. Und um dieses ganz und gar haarsträubende Märchen von dem Wikinger glaubhaft zu machen, habt ihr dann auch die Eingangstür demoliert. Auf jeden Fall werdet ihr die Reparatur von eurem Taschengeld bezahlen!"

Das Telefon klingelte.

Axel grinste siegessicher. Jetzt würde Onkel Jens mit eigenen Ohren hören, mit wem sie es zu tun gehabt hatten.

Ingas Vater hob ab und meldete sich. Er lauschte, wobei sein Gesichtsausdruck immer überraschter wurde.

Es war also der Wikinger!

Onkel Jens hörte lange zu und wurde erst blass

und dann knallrot. Schließlich schrie er etwas ins Telefon und legte auf.

„Was hat dir der Wikinger gesagt? Hat er dir auch gedroht?“, erkundigte sich Axel vorsichtig.

„Wikinger?“, tobte Onkel Jens. „Das war kein Wikinger, sondern mein Kollege, den ich besucht habe. Ich habe meine Unterlagen bei ihm vergessen und sein Hund hat Konfetti daraus gemacht!“

Das Mitgefühl der Bande hielt sich in Grenzen. Es war wohl besser, Onkel Jens vorläufig aus dem Weg

zu gehen. Die Knickerbocker und Inga verschwanden nach oben.

Aus Sicherheitsgründen wollten sie in dieser Nacht alle in einem Zimmer schlafen.

RAUCH

Am nächsten Tag begann das Wikingerfest und Onkel Jens bestand darauf, dass sie gemeinsam hingingen.

Zum Auftakt fand ein Umzug statt, an dem fast alle Bewohner von Fyrekit teilnahmen. Das ganze Jahr über bastelten und nähten sie an ihren Wikingerkostümen und stellten sogar die Helme in einer eigenen Schmiede her.

Sieben große Schiffe wurden dieses Jahr durch die Straßen der Stadt gezogen. Sie standen auf langen, schmalen Wagen, auf denen mit Stoff Meereswellen nachgebildet worden waren.

„Warum trauen sie sich denn mit den Schiffen nicht aufs Meer?“, wollte Poppi wissen.

„Wahrscheinlich sind die Kähne so löchrig, dass sie sofort untergehen würden!", erwiderte Axel grinsend.

Auf den Schiffen standen verkleidete Männer, die Schwerter schwangen und so taten, als müssten sie sich gegen eine Horde von Angreifern zur Wehr setzen.

Hunderte von Menschen waren gekommen und säumten die Straßen. Sie johlten und kreischten, als die Wikinger sie mit Wasser bespritzten. Dann sprangen die Krieger von den Schiffen und stürzten sich in die Menschenmenge, um zu plündern.

Der Festzug ging quer durch die Stadt und endete auf einer riesigen Wiese. Dort waren ein Markt, ein Wikingerhaus und lange Tafeln aufgebaut worden. Es gab Musik und gegrillte Fische. Das Bier floss in Strömen und nicht zuletzt deshalb wurde das Fest von Stunde zu Stunde ausgelassener.

Zu essen gab es außer Meerestieren Hotdogs, die in Dänemark sehr beliebt waren. Die Wikinger hatten die Würstchen, die mit Essiggurkenscheiben, viel Ketchup, Senf, Remouladensoße und Röstzwiebeln gegessen wurden, sicher nicht gekannt.

Poppi und Lilo, die beide kein Fleisch mochten, widmeten sich lieber den Smörrebröds – Broten, die kunstvoll mit vielen leckeren Sachen belegt waren. Dominik und Axel hingegen stürzten sich auf die Hotdogs, die auf ihren Klamotten deutliche Spuren hinterließen.

„Ihr braucht wohl Sabberlätzchen!“, meinte Lilo hämisch.

„Klappe!“, gab Axel zurück.

Nachdem er zwei verdrückt hatte, schaffte er den dritten nur noch zur Hälfte. Da er die Köstlichkeit nicht wegwerfen wollte, verfütterte er sie an einen kleinen struppigen Hund, der schon die ganze Zeit über bettelnd vor ihm gesessen hatte.

Poppi begann ihm daraufhin einen Vortrag über die Schädlichkeit von Gewürzen für Hunde zu halten, aber Axel schenkte ihr keine Beachtung. „Dem Hund schmeckt es doch, schau nur!“, brummte er.

Der kleine Vierbeiner leckte sich genüsslich die Schnauze und verlangte bellend nach mehr.

„Das war's!“, versicherte ihm Axel und zeigte ihm die leeren Hände. Das Tier wirkte enttäuscht, doch so ganz gab es die Hoffnung nicht auf, denn es folgte Axel in einiger Entfernung.

Die vier Knickerbocker schlenderten mit Inga über den Wikingermarkt, auf dem getrocknete Fische, Helme, Töpfe, Felle und historische Kostüme angeboten wurden. Onkel Jens unterhielt sich derweil mit einem Bekannten.

Sie bestiegen auch eines der nachgebauten Wikingerschiffe und setzten sich auf die Ruderbänke.

„Die Wikinger müssen echte Muskelprotze gewesen sein!“, staunte Axel. Er hatte wirklich viel Kraft in den Armen, schaffte es aber nicht, das Ruder auch nur ein bisschen in die Höhe zu stemmen.

„Und mit diesen Booten sind die Wikinger wahrscheinlich bis nach Amerika gefahren!“, sagte Dominik. „Alle Achtung!“

Auf einem abgezäunten Platz fanden auch Schaukämpfe statt. Das Publikum feuerte die Teilnehmer an und schloss Wetten darüber ab, wer gewinnen würde.

Axel drehte sich schon zum wiederholten Mal um und starrte zum Markt.

„Hast du einen Wackelkontakt?“, fragte Lilo.

„Ich habe ständig das Gefühl, den Wikinger von gestern zu sehen!“, gestand Axel und fügte schnell hinzu: „Und wenn du dich jetzt über mich lustig machst, melde ich dich für den nächsten Wettkampf an!“

Lilo verzog spöttisch den Mund. „Na ja, manche Leute haben eben schwache Nerven. Vielleicht solltest du dich ruhigeren Hobbys wie Häkeln oder Sticken widmen."

„Du sprichst wohl aus Erfahrung!", erwiderte Axel bissig.

Aus den Lautsprechern verkündete eine Stimme, dass man in wenigen Minuten mit einer großen Verlosung beginnen würde. Nur wer seinen Preis sofort abholte, sollte ihn auch erhalten. Deshalb strömten nun alle Festgäste zur Bühne, die sich am anderen Ende der Wiese befand.

Die fünf Freunde standen vor dem nachgebauten Wikingerhaus und musterten es interessiert. Es handelte sich um einen lang gestreckten Bau aus Holz mit einem strohgedeckten Dach. Alle paar Meter stützte ein Baumstamm die Mauern ab.

„Warum hat das Ding keine Fenster?", wunderte sich Poppi.

„Weil wir hier im kalten Norden sind", erklärte Inga. „Da es damals noch kein Glas gab, ließen die Wikinger die Fenster gleich ganz weg."

Durch eine enge Tür betraten die fünf das Haus. Sie waren zurzeit die einzigen Besucher.

In der Mitte des Raums flackerte ein Feuer, das mit Steinen abgegrenzt war. An den Wänden standen lange Bänke.

„Da haben die Wikinger in Felle und Decken gehüllt geschlafen", erzählte Inga. „Tagsüber haben sie auf den Bänken gesessen und zum Beispiel Körbe geflochten. Sie haben nämlich nicht nur von ihren Beutezügen gelebt, wie man oft liest."

Langsam erkundeten die Knickerbocker den düsteren, muffigen Raum. Das einzige Licht kam durch zwei Luken im Dach. Sie dienten vor allem als Rauchabzug. Im Haus war es richtig unheimlich. Der Lärm des Festes war hier kaum zu hören.

Über den Besuchern krachte das Gebälk des Daches. Sie hoben die Köpfe, konnten aber nichts erkennen.

„Sag mal, Inga, wie viele Menschen haben hier wohl gewohnt?", wollte Axel wissen.

Inga gab ihm keine Antwort. Erstaunt drehte sich Axel zu dem Mädchen um, das wie versteinert nach oben starrte.

Axel begriff sofort: Jemand war auf dem Dach und schob gerade einen Ballen Heu durch eine der beiden Entlüftungsluken. Der Unbekannte kam nur für den Bruchteil einer Sekunde ins Blickfeld. Er trug ein Wikingerkostüm und einen Helm, den Axel bereits kannte.

Der Ballen fiel in die Flammen und das Feuer

griff gierig nach dem trockenen Gras. Dicker grauer Qualm stieg auf. Die Luken wurden geschlossen, sodass der Rauch nicht entweichen konnte.

„Raus!“, rief Lilo.

Aber der einzige Ausgang war von außen verriegelt worden!

Das Superhirn nahm Anlauf und warf sich gegen die Tür. Ein stechender Schmerz zuckte durch ihre rechte Schulter, aber die Holztür hatte keinen Zentimeter nachgegeben.

„Es muss noch einen Weg ins Freie geben!“, schrie Lilo. Die fünf Freunde liefen aufgeregt durch den langen Raum, konnten jedoch keine andere Tür finden.

Die Rauchschwaden wurden immer dichter und breiteten sich in alle Richtungen aus.

Schon begannen Poppi und Inga zu husten.

Zu spät fiel Axel ein, dass man das Heu vom Feuer hätte wegreißen könnten. Jetzt brannte es bereits lichterloh.

Die Freunde bekamen kaum noch Luft. Ihre Augen tränten, und der Qualm machte ihnen schwer zu schaffen.

Lilo trommelte mit beiden Fäusten gegen die Tür. „Hört uns denn keiner? Hilfe!“, krächzte sie und wurde gleich darauf von einem Hustenanfall geschüttelt.

Schon war der ganze Raum vom Boden bis zur Decke mit Rauch erfüllt.

LILO LÄSST NICHT LOCKER

Poppi hatte die Nerven verloren. Sie schrie und tobte, kreischte und weinte. Sie ging mit den Fäusten auf Lilo los und brüllte: „Ich will nicht mehr! Ich halte das nicht aus! Wir werden alle ersticken! Wir …“ Weiter kam sie nicht. Sie hatte zu viel Rauch eingeatmet.

Dominik hatte etwas entdeckt. Er zeigte auf einen winzigen Spalt zwischen Tür und Boden, durch den frische Luft hereinkam. Wenn man sich auf den Bauch legte und die Nase an den Spalt drückte, konnte man viel besser atmen.

Dennoch begann sich alles vor ihren Augen zu drehen. Das Dach schien sich wie ein tonnenschweres Gewicht auf die Gefangenen zu legen. Die Knickerbocker und Inga konnten sich kaum noch bewegen.

Wenn wir jetzt einfach liegen bleiben, ersticken wir!, dachte Lilo entsetzt. Aber auch ihr fehlte die Kraft, etwas zu unternehmen. Der Sauerstoffmangel hatte ihr Hirn gelähmt.

Es war aus! Sie würden das Wikingerhaus nie mehr verlassen!

Auf einmal sah Lilo den Himmel über sich. Schneeweiße Schäfchenwolken trieben friedlich dahin.

Schatten fielen auf ihr Gesicht. Lilo konnte Gesichter ausmachen, die sie besorgt ansahen. Sie richtete sich hustend auf und sog gierig die frische, klare Luft ein. Sie waren im Freien! Alle fünf. Dominik und Axel standen bereits wieder und Poppi rappelte sich gerade hoch. Inga lag neben ihr und kam langsam zu sich.

„Kinder, was macht ihr denn für Sachen?“, rief Onkel Jens. Er kniete sich neben Lilo ins Gras und schüttelte vorwurfsvoll den Kopf. „Musstet ihr unbedingt ein Lagerfeuer machen? Ich bin enttäuscht von euch! Wirklich enttäuscht! Von Inga bin ich solche Dummheiten gewohnt, aber von euch hätte ich das nicht erwartet!“

Am liebsten hätte Lilo den Onkel angebrüllt, aber sie hatte nicht die Kraft dazu.

„Das waren nicht wir! Jemand hat uns einen bösen Streich gespielt!“, verteidigte sie sich mit matter Stimme.

„Eine bessere Ausrede fällt dir wohl nicht ein!“, sagte Onkel Jens tadelnd.

„Es war doch von außen abgeschlossen, oder?“ Lilo sah den Onkel fragend an.

Er überlegte und nickte langsam. „Ja und ihr habt es einem Hund zu verdanken, dass man euch gefunden hat. Er hat wie wild gebellt und an der Tür gekratzt.“

Neben den Knickerbockern erschien das Hündchen, das Axel gefüttert hatte. Es wedelte stolz mit dem buschigen Schwanz. Poppi kraulte es hinter den Ohren.

Onkel Jens hatte nun begriffen, dass seine Vorwürfe unberechtigt waren. Verlegen murmelte er vor sich hin.

„Ich will nach Hause!“, verlangte Lilo.

Ihre Freunde und Inga schlossen sich ihr an. Bevor sie gingen, bekam der Hund von ihnen noch zwei Würstchen als Dankeschön.

Im Haus des Onkels wurde gehämmert und gesägt. Der Glasermeister setzte neue Fensterscheiben ein und ein Tischler reparierte die Tür.

„Jemand meint es sehr ernst!“, sagte Axel.

Lilo gab ihm Recht. „Wir müssen diese Ulla unbedingt zum Reden bringen! Mit ihrer Schwester ist etwas Schlimmes geschehen. Und mit dem Typen auch. Aber was?“

Dominik hatte den Verdacht, dass die beiden in der Bucht ertrunken sein könnten.

Lilo lachte. „Und woher kommen dann die Briefe und die Karten? Aus dem Jenseits?“

Poppi kauerte in einiger Entfernung auf dem Boden und starrte traurig in die Baumkronen vor dem Haus. Sie hatte die Knie angezogen. Ihr Anfall im Wikingerhaus war ihr mehr als peinlich. Sie kam sich so kindisch und dumm vor.

Lilo hielt an ihrem Plan fest, in der Bucht nach der geheimnisvollen Hand zu suchen. Es musste irgendetwas zu entdecken geben, da war sie ganz sicher.

„Inga, hast du in letzter Zeit jemanden in der Schwarzen Bucht schwimmen sehen?“, wollte das Superhirn wissen.

Inga schüttelte heftig den Kopf. „Nein! Sie ist

schon seit Jahren allen unheimlich. Und seit bekannt ist, dass auf dem Meeresgrund Wikingermumien entdeckt worden sind, traut sich überhaupt keiner mehr ins Wasser. Die Geschichte mit der Hand aus der Tiefe hat ihr Übriges dazu getan!"

„Axel war im Wasser und hat die Hand gespürt. Ich auch", überlegte Lilo. „Nur wenn jemand ins Wasser geht …"

Axel hob sofort abwehrend die Hände. „Falls du glaubst, ich mache dort auch nur noch einen Schritt ins Meer, vergiss es!", rief er.

Dominik tippte sich an die Stirn und brummte: „Niemals!"

Inga schüttelte den Kopf.

Lilo wollte die Bucht unbedingt von oben beobachten. Mit Ingas Fernglas würde sie von der Klippe aus genau erkennen können, was da aus dem Meer auftauchte.

„Ohne Köder keine Hand!" Sie seufzte.

„Ich werde es wagen!", verkündete Poppi.

„Du?" Ihre Freunde sahen sie ungläubig an.

„Ja, ich!" Poppi sah hier ihre große Chance, die Schlappe im Wikingerhaus wiedergutzumachen.

Lilo klopfte ihrer Freundin anerkennend auf die Schulter. „Alle Achtung, das hätte ich dir nicht zugetraut!“, meinte sie. Das Superhirn bestand aber darauf, ein Boot zu besorgen – ein Schlauchboot, das möglichst groß sein sollte.

Poppi würde durch eine Leine mit dem Boot verbunden sein. Schlug die Hand aus der Tiefe tatsächlich zu, konnte sie das Mädchen nicht hinunterziehen.

Da an diesem Tag alle Läden geschlossen waren, mussten die Freunde den Bootskauf verschieben. Poppi war das gar nicht recht. Sie hätte die Sache lieber schnell hinter sich gebracht.

DER LÄUFER

Das Wikingerfest ging auch am nächsten Tag weiter, doch die Läden waren wieder geöffnet.

Axel und Lilo brauchten lange, um ein Boot zu finden, das ihren Vorstellungen entsprach. Ihre Wahl fiel auf ein leuchtend gelbes Schlauchboot, das für fünf Personen geeignet und aus besonders festem Material gefertigt war.

„Da geht so viel Luft rein, dass es praktisch unmöglich ist, das Ding unter Wasser zu bekommen", erklärte Axel seinen Freunden. „Und der Gummi ist so dick, dass man schon eine Harpune braucht, um ihn zu durchlöchern."

Das Schlauchboot war laut Auskunft des Verkäufers sogar hochseetauglich.

Axel hatte bei der Auswahl des Bootes ein ziemliches Theater gemacht. Poppi hatte die ganze Zeit neben ihm gestanden und ihn beobachtet. Er wollte, dass sie sich halbwegs sicher fühlte, wenn er sie schon nicht von ihrem wahnwitzigen Vorhaben abbringen konnte.

Gegen drei Uhr nachmittags schwang sich Lilo auf Ingas Fahrrad. Das Fernglas hatte sie auch diesmal dabei. Sie wollte sich oben auf den Klippen einen guten Platz suchen. Es muss einen Weg geben, der von der Straße direkt zum Wasserfall und von dort hinüber zum Kliff führt, dachte sie und radelte los. Auch an diesem Tag trug sie ihr Haar offen.

„He, ich finde, ich sehe cool aus!“, hatte sie zu ihrem Spiegelbild gesagt.

Lilo war schon ein Stück gefahren, als sie hinter sich eine Stimme hörte. Dominik war ihr nachgerannt und schwenkte etwas in der Hand.

Sie hielt an und radelte zu ihm zurück.

Keuchend überreichte ihr Knickerbocker-Freund ihr eine schwarze Ledertasche.

„Was soll ich damit?“, fragte Lilo. „Hast du mir vielleicht ein paar Smörrebröds eingepackt, falls ich hungrig werde?“

Dominik rang nach Luft und schimpfte: „Manch-

mal benimmst du dich wirklich wie eine aufgeblasene Sumpfgurgelschnepfe!“

Lilo hatte von einem solchen Vogel noch nie etwas gehört und konnte sich vor Lachen nicht halten.

„Gut, ich muss dir meine Digitalkamera ja nicht mitgeben. Es ist schließlich nicht wichtig, die Hand aus der Tiefe auf Video festzuhalten!“, sagte Dominik beleidigt, drehte sich um und ging langsam zum Haus zurück.

„He, nein, halt! Entschuldige, war nicht so gemeint! Bleib stehen!“, rief Lilo ihm nach.

Natürlich fand sie die Idee mit der Videokamera genial. Sie hatte gar nicht gewusst, dass Dominik sie nach Dänemark mitgenommen hatte.

Lilo fuhr über die enge, teilweise nicht einmal asphaltierte Landstraße in Richtung Birkenwäldchen. Als sie anhielt, konnte sie es in der Ferne sehen. Es musste hier irgendwo einen Weg zu Jörgens Häuschen, zur Klippe und zum Wasserfall geben. Wo war er nur?

Die Sonne brannte an diesem Tag besonders heiß vom Himmel. Lilo wischte sich den Schweiß aus dem Gesicht und ärgerte sich, weil sie ihre Sonnenbrille vergessen hatte. Sie schützte die Augen mit der Hand und blickte zum Himmel empor. Das Licht tat richtig weh. Für einen Augenblick sah sie nur schwarze Kreise vor ihren Augen.

Mit einem Mal wurden hinter ihr Schritte hörbar. Es waren lange, federnde Schritte, die schnell näher kamen.

Lilo wollte sich umdrehen, um zu sehen, wer da durch die Gegend lief. Dabei fiel ihr Blick in den kleinen Spiegel, den Inga an der Lenkstange angebracht hatte.

Lilo fuhr zusammen. Für einen Augenblick war sie wie gelähmt.

Dann jedoch trat sie mit aller Kraft in die Pedale und raste los. Sofort wurden die Schritte hinter ihr schneller. Der Läufer atmete tief und regelmäßig. Es musste sich um einen durchtrainierten Sportler handeln.

Das Gesicht des Verfolgers war zu einer entschlossenen, grimmigen Maske verzerrt. Es war der Mann, der sie fast von der Klippe gestoßen hatte – der Kerl mit den dunklen strähnigen Haaren. Heute trug er ein breites, schmutziges Stirnband, aber Lilo hatte ihn trotzdem sofort erkannt.

Sie suchte mit zitternden Fingern nach der Gangschaltung des Fahrrads. Es hatte drei Gänge und im Augenblick strampelte sie sich im ersten die Seele aus dem Leib. Sie versuchte einen anderen Gang einzulegen, doch die Schaltung war kaputt.

Das Keuchen des Läufers ließ Lilo an eine Dampflokomotive denken. Meter um Meter holte er auf.

Der Weg endete und ging in eine Wiese über. Hier würde Lilo noch langsamer vorankommen. Der Läufer war auf jeden Fall im Vorteil.

Kaum hatte sie sich entschlossen abzusteigen und zu rennen, riss etwas an ihrem Fuß. Der Schnürsenkel! Er war aufgegangen und in die Fahrradkette geraten!

Lilo versuchte, den Schuh abzustreifen und übersah dabei ein tiefes Loch im Boden.

In hohem Bogen fiel sie ins Gras. Die Kamera und das Fernglas hatten sich selbstständig gemacht.

Der Heideboden ließ die Landung nicht allzu hart ausfallen. Aber was nützte das? Schon fiel ein Schatten über sie.

Der Läufer stand direkt hinter ihr und beugte sich zu ihr hinab.

DER SCHREI VON DER KLIPPE

„Wo bleibt denn Lilo?“, fragte Poppi. Sie hatte sich andauernd umgesehen, während Axel das Schlauchboot aufpumpte. Jedes Stück der Klippen hatte sie abgesucht, aber ihre Freundin hatte sie nirgendwo entdeckt.

Axel und Dominik, die abwechselnd auf den großen Blasebalg gesprungen waren, wirkten ziemlich erschöpft. Die Knickerbocker hatten sich die Pressluftflasche nicht leisten können, die zum schnellen Aufblasen des Bootes angeboten wurde.

Noch einmal ließ Poppi ihren Blick über den Rand der Klippen streifen, die die Schwarze Bucht begrenzten: keine Spur von Lilo.

„Sie hat sich bestimmt gut versteckt“, versuchte

Axel Poppi zu beruhigen. Doch er hatte damit keinen Erfolg. Poppi wurde immer ängstlicher. Sie bereute bereits ihr mutiges Angebot, wollte aber unter keinen Umständen einen Rückzieher machen.

Endlich waren die Jungen mit ihrer Schwerstarbeit fertig. Aus Sicherheitsgründen bestand der Rumpf des Schlauchbootes aus mehreren Kammern: Diese waren nun prall gefüllt.

Zögernd schlüpfte Poppi aus ihren Shorts. Den Badeanzug hatte sie bereits an. Noch immer suchte sie nach Lilo. „Ich habe ein komisches Gefühl!“, gestand sie leise.

„Das haben wir alle“, sagte Axel. „Aber es kann dir wirklich nichts passieren! Du weißt, ich war Jugendmeister im Kraulen. Ich bin in Sekunden bei dir, wenn etwas geschieht, das verspreche ich dir!“

Poppi nickte dankbar.

Axel holte ein gepolstertes Gurtgestell aus seinem Rucksack, wie es Kletterer verwenden. Poppi stieg hinein und bekam die Gurte nicht nur um den Bauch, sondern auch um die Schultern geschnallt.

Dominik zog in der Zwischenzeit zwei Seile durch mehrere dicke Gummiösen am oberen Rand des Schlauchbootes, die eigentlich als Befestigung für die Ruder gedacht waren. Die Seile wurden sorgfältig verknotet. Ans Ende montierte Dominik je einen Karabinerhaken, der dann an Poppis Gurtgestell eingeklinkt werden sollte.

Da gellte ein lauter Schrei durch die Bucht! Erschrocken hoben die drei Knickerbocker und Inga den Kopf.

Der Schrei, der von den Klippen gekommen war, ging den vier Freunden durch Mark und Bein.

„Lilo!“, krächzte Poppi.

„Quatsch, das war nicht sie!“, brummte Axel.

„Wir müssen sofort nachsehen!“, rief Dominik und rannte los.

Inga und Axel folgten ihm. Poppi wollte sich von dem Gestell befreien, schaffte es aber nicht. Doch allein wollte sie unter keinen Umständen am Strand zurückbleiben. Deshalb lief sie den anderen samt dem Gurtgestell nach, obwohl es sie ziemlich stark behinderte.

Außer Atem erreichten die Knickerbocker Jörgens Haus und trommelten gegen die Tür. Doch der sonderbare Forscher schien nicht zu Hause zu sein. Axel versuchte, die Tür zu öffnen, aber es war abgeschlossen.

Sie rannten auf die Klippe und sahen sich suchend um.

„Hört ihr das Rauschen?", fragte Axel heftig keuchend.

„Der Wasserfall! Vielleicht ist jemand ins Meer gestürzt!", hauchte Dominik. „Hoffentlich ist es nicht Lilo."

Vorsichtig beugten sich die Knickerbocker und Inga über die Felskante.

Nichts.

Axel suchte den feuchten Boden am Ufer nach Fußspuren ab.

Nichts.

Dominik formte die Hände zu einem Trichter und schrie: „Hallo? Ist da jemand?" Inga folgte seinem Beispiel und rief das Gleiche auf Dänisch.

Nichts.

Ratlos blickten die vier einander an.

„Das war doch keine Einbildung?", sagte Axel unsicher.

Inga, Dominik und Poppi schüttelten den Kopf. Ihre Gesichter waren totenbleich. „Möglicherweise war es nur ein Betrunkener, der beim Wikingerfest zu viel Bier gekippt hat!", vermutete Dominik nicht sehr überzeugt.

Schweigend kehrten die vier Freunde zum Strand zurück.

„Warum hat sich Lilo nicht gezeigt?“, rätselte Poppi.

„Die weiß schon, was sie tut!“, sagte Axel und warf einen verstohlenen Blick auf die Klippen. Poppi hatte völlig Recht. Warum blieb Lilo unsichtbar? Übertrieb sie jetzt nicht ein bisschen mit ihrer Geheimnistuerei?

Ein höchst unbehagliches Gefühl beschlich die Gruppe. Keiner wollte es zugeben, aber sie hatten Angst – auch wenn sie nicht wussten, wovor. Mit einem leisen Klicken hängte Axel den Karabinerhaken in die Öse am Gurtgestell ein und überprüfte das Seil noch einmal.

Alles war in bester Ordnung. Poppi war mit dem Boot untrennbar verbunden. Das Mädchen setzte sich hinein und gemeinsam trugen Inga, Axel und Dominik sie wie in einer Sänfte ins dunkle Wasser.

Als sie unter ihren Füßen die Algen spürten, stießen sie das Schlauchboot hinaus in die Bucht und kehrten um.

Ganz schön feige von uns, dachte Dominik.

Die drei standen im Sand und ließen das gelbe Boot nicht aus den Augen.

Poppi hatte sich hingekniet und versuchte, das Boot mit einem kurzen Paddel, das sie einmal links und einmal rechts ins Wasser tauchte, in die Mitte der Bucht zu steuern. Langsam entfernte sie sich vom Ufer.

Das Mädchen zitterte am ganzen Körper und warf ängstliche Blicke aufs Meer. Es war nichts Außergewöhnliches zu erkennen. In der Schwarzen Bucht herrschte gespenstische Stille.

Kein einziges Mal spähte Poppi zu ihren Freunden. Immer kürzer und stoßweiser wurde ihr Atem. Ihre Anspannung stieg. Sie wusste, dass sie ins Wasser musste und schwimmen sollte.

Poppi legte das Paddel ins Boot und ließ sich ins Meer gleiten. Es war eisig.

Sie spürte, wie das schwarze Nass ihre Füße, dann ihre Unterschenkel und schließlich ihre Knie und Oberschenkel umschloss. Sie begann zu frösteln.

Nun war der Augenblick gekommen: Sie ließ los und rutschte ins Wasser. Während sie noch zögerte, wurde sie am rechten Knöchel von etwas Kaltem gepackt und nach unten gezerrt.

Poppi stieß einen Schrei aus, der aber bald in einem Blubbern unterging.

Die Hand hatte sie in die Tiefe gezogen.

EIN KAMPF AUF LEBEN UND TOD

Der Schatten des Läufers fiel auf Lilos Rücken. Er beugte sich zu ihr hinab und riss sie an den Haaren in die Höhe.

„Loslassen! Was soll das? Aaah!“, schrie Lilo.

Es war wie ein Wunder. Der Mann ließ sie tatsächlich los. Er wich zurück, als hätte Lilo eine ansteckende Krankheit.

Das Superhirn der Knickerbocker drehte sich um und schaute den Mann überrascht an. Sein Gesicht war längst nicht mehr wild und bösartig verzerrt – ganz im Gegenteil: Er wirkte erschrocken. Seine dunklen Augen blinzelten verdutzt. Beschwichtigend hob er die Hände und verbeugte sich mehrfach. Er murmelte etwas auf Dänisch. Er wischte sich nervös über das Gesicht und strich sich das lange dunkle Haar aus der Stirn. Ohne Lilo aus den Augen zu lassen, entfernte er sich. Plötzlich drehte er sich um und lief davon. Er überquerte eine Heide, auf der das Gras fast einen Meter hoch stand, und verschwand in einem Kiefernwäldchen.

Lilo ließ sich auf den Boden sinken. Ihre Lunge brannte und erst jetzt spürte sie das Seitenstechen. Es schmerzte entsetzlich. Sie versuchte, langsamer und tiefer zu atmen, aber es gelang ihr nicht.

Sie brauchte mehrere Minuten, bis sich ihr Atem halbwegs beruhigte. Keuchend stand sie auf und ging zum Fahrrad zurück.

Es war beim Sturz ziemlich verbeult worden. Das Vorderrad hatte einen gewaltigen Achter, die Kette war herausgesprungen und die Pedale waren mehr als verbogen.

Wütend warf Lilo das Rad in die Wiese. Sie suchte nach der Videokamera und dem Fernglas und fand sie nach einiger Zeit. Zum Glück hatte die Tasche die Kamera geschützt und das Fernglas hatte nur ein paar Kratzer abbekommen.

Ein Blick auf die Uhr genügte und schon war es mit Lilos wiedergewonnener Ruhe vorbei. Es war spät geworden – verdammt spät!

So ein Mist!, dachte sie. Ihre Freunde waren sicher schon längst in der Bucht.

Sie lief los, musste aber bereits nach ein paar Metern langsamer werden. Der Schock steckte ihr noch in allen Gliedern und bremste sie. Lilo nahm sich zusammen und setzte ihren Weg fort.

Als sie die Klippe erreichte, kämpfte Poppi bereits um ihr Leben.

Lilo schaute durch das Fernglas und entdeckte erst jetzt, dass sich die Linsen durch den Aufprall verschoben haben mussten: Sie konnte nichts erkennen.

Hastig griff sie nach der Videokamera und fingerte zitternd an den Knöpfen herum. Erst nach einigen Versuchen gelang es ihr, das Gerät einzuschalten.

Das Bild war unscharf. Sie drehte am Objektiv, bis sie bemerkte, dass die Kamera eine Entfernungsautomatik hatte.

„Die Tele-Einstellung!“, murmelte Lilo nervös. „Ich muss auf *Tele* schalten, damit ich die Kamera wie ein Fernrohr benutzen kann.“

Poppis Kopf kam gerade wieder nach oben. Sie schrie.

Entsetzt sah Lilo die hellblaue Hand neben ihrer

Freundin aus dem Wasser schnellen. Sie war nur für den Bruchteil einer Sekunde sichtbar, schon hatte sie Poppi am Arm gepackt und nach unten gezerrt.

Das Schlauchboot kippte und lag nun mit dem Boden nach oben im Wasser. Ein heftiger Ruck erschütterte es.

Die Hand versuchte mit aller Gewalt, Poppi zum Meeresgrund zu ziehen, aber das Boot wirkte wie ein riesiger Rettungsring, der sie immer wieder an die Oberfläche kommen ließ.

Wenn nur das Seil nicht riss!

Axel hatte sich schon ausgezogen und rannte mit riesigen Schritten ins Meer. Es spritzte nach allen Seiten, als er sich ins Wasser warf und auf Poppi zukraulte.

Abermals kam Poppis Kopf nach oben. Sie brüllte verzweifelt um Hilfe.

Lilo hatte es endlich geschafft, die Kamera in den Griff zu bekommen. Im Sucher blinkte das Kürzel *Rec* auf – es stand für *Record*: Aufnahme.

Da! Die Hand. Die hellblaue Hand legte sich auf Poppis Mund und erstickte den Schrei.

Lilo blieb vor Aufregung die Luft weg. Sie konnte es nicht fassen: Es war tatsächlich eine Hand, die Poppi in die Tiefe zog!

Lilos Finger zitterten und das Bild wackelte. Die Aufnahme würde eine Katastrophe werden.

Endlich durchstieß Poppi erneut die Wasseroberfläche. Sie riss den Mund auf und schnappte gierig nach Luft.

Und wieder schoss die Hand mit gespreizten Fingern aus den Fluten.

Genau in diesem Augenblick erreichte Axel das Schlauchboot. Er schlug nach der Hand und diese zog sich sofort zurück.

Axel kam Poppi zu Hilfe und packte sie unter den Achseln, damit sie nicht mehr hinuntergezogen werden konnte. Poppi war völlig fertig. Ihre Augen traten hervor und ihr Gesicht war leichenblass vor Schreck und Anstrengung.

Sekunden verstrichen: Die Hand tauchte nicht wieder auf. Axel versuchte, das Schlauchboot umzudrehen, aber es gelang ihm nicht. Er löste Poppis Karabinerhaken und half ihr, auf den Boden des Bootes zu klettern. Das Schlauchboot vor sich herschiebend, schwamm er nun zum Ufer. Ganz offensichtlich hatte er die Hand in die Flucht geschlagen.

Lilo hatte die Videokamera noch immer auf die schwarze Wasseroberfläche gerichtet und ließ sie langsam hin und her wandern.

Axel und Poppi waren kurz darauf sicher am Strand angekommen. Inga nahm ihre zitternde Cousine in Empfang und wickelte sie in ein großes Badetuch. Sie umarmte sie und Poppi drückte sich an sie.

Im Haus von Onkel Jens trafen die Knickerbocker einander wieder.

Poppi war sehr still, geschockt und beinahe grün im Gesicht. Sie konnte auch kaum sprechen.

„Komm, leg dich ein wenig hin!“, schlug Lilo vor.

Poppi schüttelte den Kopf. Sie wollte mit ihren Freunden im Garten in der Sonne sitzen.

Die Freunde bewunderten Poppi sehr für ihren Mut. Vor allem die Jungen lobten sie, denn sie wussten genau, dass sie sich gewiss nicht ins Meer gewagt hätten, was ihnen Lilo auch unerbittlich unter die Nase rieb.

„Es gibt sie also wirklich – die Hand aus der Tiefe!“, sagte Inga leise.

Poppi nickte. Sie hatte sie am eigenen Leib gespürt.

Keiner von ihnen hatte mit diesem Ergebnis gerechnet.

Lilo berichtete von dem seltsamen Typen, der sie

verfolgt hatte und schuld daran war, dass die Aufnahmen unvollständig und verwackelt waren.

„Wer ist der Kerl?“, fragte Axel.

Ein allgemeines Schulterzucken war die Antwort.

Lilo kam ein Verdacht. „Er muss mich verwechselt haben. Auch damals beim Wasserfall. Er hat mich ja nur von hinten gesehen.“ Plötzlich erinnerte sie sich, dass sie die Zöpfe geöffnet hatte. Langes blondes Haar hatte sie dann – gewelltes, langes blondes Haar. Wie Ulla! Genau wie Ulla! Und Lilo war auch so groß wie Ulla und hatte ungefähr dieselbe Figur.

Als sie auf Deutsch geschrien hatte, war dem Mann die Verwechslung bewusst geworden und er war erschrocken. Aber warum war er so wütend auf Ulla?

So wütend, dass er sie den Wasserfall hinunterstoßen wollte?

„Ulla muss den Typen kennen! Sie weiß bestimmt, was er will!“, sagte Inga. Sie stand auf und ging zum Telefon. Sie wollte Ulla anrufen und einfach fragen.

Doch bevor sie den Apparat von der Ladestation nehmen konnte, klingelte es. Inga meldete sich. Auf einmal wirkte sie wie versteinert.

Lilo sah durch die offene Gartentür in den Flur und bemerkte ihr Entsetzen. Sie lief zu ihr und hörte das Gespräch mit.

Es war wieder die flüsternde Stimme. Sie sprach Dänisch und stieß am Ende einen Schrei aus.

Inga hatte Mühe, die *Aus*-Taste zu drücken. Ihre Hand zitterte zu sehr.

„Was ist los?“, fragte Lilo.

LUFTBLASEN!

„Wir müssen alle daran glauben, wenn wir es noch einmal wagen sollten, die Schwarze Bucht aufzusuchen!“, erklärte Inga leise. „Poppi ist zwar davongekommen, aber auch sie könnte jetzt schon am Meeresgrund liegen und dort ihr eiskaltes Grab gefunden haben – hat die Stimme gesagt!“

Lilo knetete ihre Nasenspitze. Sie starrte vor sich hin und meinte schließlich: „Los, wir schauen uns die Videoaufnahme an!“ Dominik holte ein Kabel, mit dem er die Kamera an den Fernsehapparat anschloss. Er spulte zurück und drückte dann die *Play*-Taste.

Zuerst waren nur schwarze und weiße Zacken zu sehen. Dann tauchte endlich die Schwarze Bucht auf. Das Bild wackelte dermaßen, dass man nichts erkennen konnte.

„Einen Oscar bekommst du für die Aufnahme bestimmt nicht!“, brummte Dominik.

Lilo holte lautstark Luft und wollte zu einer Erklärung ansetzen, ließ es dann aber bleiben.

Einige Aufnahmen waren ruhiger. Leider zeigten sie nur die um ihr Leben kämpfende Poppi.

Schoss die Hand aus den Fluten, war Lilo jedes Mal erschrocken und hatte die Kamera verrissen.

„So geht das nicht!“, knurrte Axel. „Kannst du auf Einzelbild schalten, Dominik?“

Sein Freund nickte, spulte ein Stück zurück und drückte dann mehrere Tasten. Die Kamera lieferte nun Bild für Bild der Aufnahme.

Inga und Poppi standen in der Tür und warfen zaghafte Blicke auf den Fernsehapparat. Beide hatten sich die schrecklichen Minuten nicht noch einmal vergegenwärtigen wollen, aber schließlich war ihre Neugier doch größer gewesen. Lilo, Axel und Dominik saßen dicht vor dem Bildschirm.

Als die Hand kam, drückte Dominik die *Pause*-Taste. Das Band blieb stehen und die Detektive betrachteten das Bild prüfend: Zu sehen war eine blaue Hand, sonst nichts – rundherum nur schwarzes Wasser und ein bisschen weißer Schaum, weil Poppi so wild um sich schlug.

Dominik ließ die Aufzeichnung weiterlaufen. Es war wie bei einer Dia-Show. Ein Bild nach dem anderen erschien und die Knickerbocker konnten beobachten, wie die Hand nach Poppi griff.

„Wahnsinn!“, rief Axel. „Seht ihr das? Etwa zehn Zentimeter unterhalb des Handgelenks scheint der Arm schon zu enden!“

Bald war der Film an der Stelle angelangt, an der die Hand verschwand und Axel Poppi auf dem Boot zum Ufer zurückschob. Die Kamera schwenkte nun kreuz und quer über die Schwarze Bucht.

„Es ist irre, einfach irre!“, sagte Axel kopfschüttelnd.

Plötzlich meldete sich Poppi mit piepsender Stimme zu Wort: „Die Hand war übrigens nicht wirklich kalt und glatt. Sie fühlte sich rau an und sie war … fast warm.“

Axel und Lilo wunderten sich: Die Hand, die sie berührt hatte, war eiskalt gewesen.

Noch immer flimmerten Lilos Aufnahmen über den Bildschirm. Dominik hatte den Film nebenher weiterlaufen lassen. Auf einmal sprang er auf und betätigte die *Pause*-Taste.

„Das müsst ihr euch ansehen!“, rief er. Überrascht drehten sich seine Freunde zu ihm um. Er ließ nun wieder Bild für Bild abspulen und zeigte auf den äußersten linken Rand des Fernsehapparats. „Seht ihr das?“

Lilo trat näher heran und sagte: „Sind das … Luftblasen?“ Dominik nickte. „Luftblasen! Ja, genau! Und da steigen auch welche auf! Schau!“

Deutlich war zu erkennen, wie die Luftblasen an die Oberfläche perlten und zerplatzten. Nach einer Weile erschienen ein Stückchen weiter weg die nächsten. Es war klar, was das zu bedeuten hatte.

Lilo entschied, wer nun was zu tun hatte.

„Inga, du rufst bitte Ulla an und fragst sie nach diesem Typen, der mich verfolgt hat! Wenn sie blöde Antworten gibt, geh mit Axel zu ihr und knöpf sie dir vor! Ich laufe zu Jörgen. Er muss das erfahren. Ich vermute, dass ihn jemand hereinlegt.

Dominik, du bleibst bei Poppi! Nach dem Kampf mit der Hand braucht sie unbedingt eine Verschnaufpause. Und zwar mit Bewachung!“

Poppi lächelte dankbar und fühlte sich nicht im Geringsten zurückgestellt. Sie hatte für heute genug Mut bewiesen.

Lilo rannte in einem zügigen Dauerlauf zu Jörgens Haus. Sie fand den Zugang durch die Klippen, sodass sie sich den Umweg über den Strand ersparte.

Jörgen war zu Hause. Eines der Fenster stand einen Spaltbreit offen, sodass Lilo seine Stimme hören konnte. Er sprach englisch und hatte Besuch. Es klang so, als hätte der Gast Murmeln im Mund.

Lilo fing einige Wortfetzen auf. Der Besucher redete von „zurückkommen“ und „morgen“ und erwähnte „Vereinbarungen“, „Versprechen“ und „Zusagen“. Jörgen hingegen beteuerte, dass alles in Ordnung sei. Er würde sich an die Abmachungen halten. Der Mann wurde dennoch immer aufgeregter und begann Jörgen sogar anzubrüllen.

Der ehemalige Taucher blieb jedoch ruhig und sachlich.

Lilo hatte unter dem halb offenen Küchenfenster gekauert und das Gespräch belauscht. Sobald sich der aufgebrachte Mann anschickte zu gehen, wollte sie schnell hinter der Hausecke verschwinden.

Völlig unerwartet wurde dann aber die Tür aufgerissen und der Gast stürzte heraus.

Er war fett und steckte in dunkelblauen Jeans, einem weißen Hemd und einer teuren Sportjacke.

Schwungvoll setzte er sich eine Baseballkappe auf

den Kopf und drehte sich noch einmal zu Jörgen um, der in der Tür stand.

„Wir haben einen Vertrag!“, rief er und kam nun direkt auf Lilo zu.

Sie presste sich gegen die Wand, aber der Mann

hatte sie bereits entdeckt. Er streckte seinen dicken Zeigefinger nach ihr aus und schrie Jörgen etwas zu.

Der kam herbeigelaufen und blinzelte Lilo fragend an.

„Was machst du denn hier?“, wollte er wissen.

„Ich … ich muss dir etwas erzählen! Etwas Wichtiges, das wir herausgefunden haben!“ Lilo keuchte. Sie täuschte vor, völlig außer Atem zu sein, und hielt sich die Seite. „Ich bin die ganze Strecke gelaufen und gerade gekommen!“

Jörgen übersetzte dem Mann, was Lilo gesagt hatte, und dieser nickte beruhigt. Er hob die Hand zum Gruß und stapfte davon.

Lilo ließ sich auf die Bank vor dem Haus sinken und tat so, als müsste sie erst einmal Atem schöpfen. Jörgen setzte sich zu ihr und erkundigte sich, was geschehen war.

„Und, was habt ihr Schlaumeier herausgefunden?“, fragte er bohrend.

„Wer war das eigentlich?“, erwiderte Lilo.

„Mein ehemaliger Chef. Er leitet die Firma, die damals die Wikingerschiffe geborgen hat. Es war ein schwieriges Unterfangen, bei dem auf dem Meeresgrund eine Art Zelt aufgebaut werden musste. Er will, dass ich wieder zu arbeiten beginne“, antwortete Jörgen.

„Aha!“, erwiderte das Superhirn.

„Ich war über ein Jahr freigestellt, um mich zu erholen. Jetzt muss ich wieder hinunter, sonst wird mir gekündigt!“

„Aha!“ Lilo schnippte mit den Fingern. „Ich glaube, ich habe genau die richtigen Neuigkeiten für dich.“

WER IST HINTER DEM SCHATZ HER?

Jörgen sah Lilo fassungslos an. „Und wie habt ihr das herausgefunden?"

Lilo lächelte verschmitzt und fuhr mit ihren Erklärungen fort: „Es ist ein Taucher! Auf der Video-Aufnahme sind die Luftblasen genau zu erkennen. Bestimmt trägt er einen schwarzen Taucheranzug, schwarze Flossen, schwarze Handschuhe und eine schwarze Kapuze."

Lilo nippte an ihrem Glas und erzählte dann weiter: „Es gibt auch Tauchermasken, die dunkel getönt sind und das ganze Gesicht bedecken. Das Mundstück der Sauerstoffflasche ist direkt in die Maske eingelassen. Über die rechte Hand hat der Taucher einen hellblauen Handschuh gestreift."

Jörgen schüttelte ungläubig den Kopf und starrte Lilo unverwandt an.

„Das stimmt! Ganz sicher!“, rief Lilo. „Das ist das Prinzip des sogenannten Schwarzen Theaters. Die Puppenspieler sind alle schwarz angezogen, stehen vor einem schwarzen Hintergrund und halten bunte Puppen in den Händen. Das Licht fällt auf die Bühne, beleuchtet die Puppen und die Spieler bleiben unsichtbar!“

„Aber wer und wozu?“, stammelte Jörgen. „Wer ist der Taucher und warum macht er das?“

Lilo zuckte mit den Schultern. Sie hatte keine Ahnung.

Vielleicht gab es den einen oder anderen Hinweis, aber worum es ging, wusste auch das Superhirn nicht.

„Könnte dort unten nicht noch ein Schatz liegen? Ein Wikingerschatz, der nicht entdeckt wurde? Vielleicht will ihn jemand heben und sich durch die Hand neugierige Zuschauer vom Leib halten!“, vermutete Lilo.

Jörgen fuhr sich über sein faltiges Gesicht. Er überlegte angestrengt und seufzte. „Ein Schatz … Das könnte durchaus sein. Die Algen werden ihn eingeschlossen haben. Die Bucht ist so tief, dass es schwierig ist, bis zum Meeresgrund vorzustoßen und dort zu arbeiten. Wir haben es damals nur mit großer Mühe und vielen technischen Hilfsmitteln geschafft!", murmelte er.

„Stell ihm eine Falle! Du musst herausfinden, wer dahintersteckt!", rief Lilo aufgeregt.

Jörgen nickte langsam. „Ich werde die Augen offen halten!", versprach er. „Ich ... ich werde wachsam sein. Die Ruhe der Wikinger muss gewahrt bleiben! Für Habgier ist hier kein Platz." Wieder wanderte sein Blick in die Ferne. Er war mit seinen Gedanken ganz woanders und nahm Lilo gar nicht mehr wahr. „Niemand soll mehr den Frieden der Toten in der Schwarzen Bucht stören! Es ist schon zu viel Unrecht geschehen!", raunte er vor sich hin.

Lilo wartete mehrere Minuten, doch Jörgen beachtete sie noch immer nicht. Er starrte unverwandt auf das Meer hinaus und seine Lippen bewegten sich stumm. Lilo wurde ungeduldig und ging. Jörgen hörte ihren Gruß nicht.

Als das Superhirn über den Weg zurück zur Straße lief, schoss plötzlich jemand aus dem hohen Gras.

Es war der Läufer! Er versperrte ihr den Weg, und als sie flüchten wollte, packte er sie an den

Schultern. Der Mann schrie sie an und schüttelte sie. Er tobte und deutete zur Bucht.

„Lassen Sie mich los! Lassen Sie mich in Frieden! Ich bin nicht Ulla!“, verteidigte sich Lilo.

Beim Namen Ulla weiteten sich die Augen des Angreifers. Er beugte sich ganz nahe zu Lilos Gesicht heran und geriet außer sich.

Sein Atem roch sauer und Lilo drehte den Kopf nach links. Der Mann griff nach Lilos Genick und zwang sie, sich ihm wieder zuzuwenden.

Lilo gab vor, etwas gehört zu haben, und sah plötzlich erschrocken nach rechts. Der Läufer folgte ihrem Blick, konnte aber nichts Außergewöhnliches erkennen.

Lilos Trick ging auf und sie versetzte dem Mann einen kräftigen Stoß.

Damit hatte er nicht gerechnet! Er verlor das Gleichgewicht und landete im Gras.

Lilo stürzte davon.

Der Läufer brüllte ihr zwar nach, verfolgte sie aber nicht.

Ohne auch nur ein einziges Mal stehen zu bleiben, rannte Lilo zu Onkel Jens' Haus. Der Wissenschaftler war gerade dabei, einen großen Koffer in seinem Auto zu verstauen, als Lilo angelaufen kam.

„Na, na, warum hast du es so eilig?“, fragte er kopfschüttelnd. „*Eile mit Weile*, sagt schon ein altes Sprichwort!“

Dominik muss aufpassen, dass er nicht auch einmal wie Poppis Onkel wird!, dachte Lilo. „Fährst du weg?“, fragte sie den Wissenschaftler schnaufend.

Dieser nickte. „Ich ziehe für ein paar Tage zu meinem Kollegen. Wir haben ein Forschungsprojekt laufen, das unbedingt abgeschlossen werden muss. Es macht euch doch nichts aus, allein zu bleiben? Ich kann mich doch auf euch verlassen? Ihr werdet schon auf Inga aufpassen, damit sie keine Dummheiten macht.“

„Musst du denn immer an Inga herumnörgeln?“, legte Lilo los. „Kannst du nicht einmal mit ihr zufrieden sein? Denkst du, wir wären perfekt? Wir sind zwar schwer in Ordnung, aber jeder von uns hat seine Schwäche. Und das ist auch gut so, sonst wären wir nämlich keine Knickerbocker, sondern Übermenschen!“

Onkel Jens' buschige Augenbrauen wanderten wieder einmal vorwurfsvoll nach oben. Er blickte Lilo über den Rand seiner Brille strafend an. „Man schreit Erwachsene nicht an, gnädiges Fräulein! Wir werden uns darüber unterhalten, wenn ich zurückkomme. Bis dahin werde ich mir eine geeignete Strafe für dein freches und respektloses Benehmen überlegt haben." Mit diesen Worten stieg Ingas Vater ins Auto und gab Gas.

Da jetzt ohnehin alles egal war, streckte ihm Lilo auch noch die Zunge heraus.

Hinter ihr waren nun die anderen vier aufgetaucht, die alles mit angehört hatten.

Inga grinste verstohlen. „So etwas hat ihm bisher noch niemand gesagt!", meinte sie dankbar.

„Dir ist aber noch etwas anderes zugestoßen als die Begegnung mit Onkel Jens!", sagte Axel. „Du siehst ja ziemlich fertig aus!"

Lilo erzählte ihren Freunden von dem neuerlichen Angriff des Läufers. „Er versucht uns einzuschüchtern und ich wette, er weiß etwas über die Bucht und den Taucher, wenn er es nicht gar selbst ist!", sprudelte es aus Lilo hervor.

Inga berichtete, dass sie mit Ulla telefoniert hatte. Das Mädchen hatte ihr kurz zugehört, aber als die Sprache auf den Läufer gekommen war, hatte es einfach aufgelegt.

Axel und sie waren daraufhin zu Ullas Haus gegangen, hatten jedoch das Mädchen nicht angetroffen. Und Ullas Mutter wusste nicht, wohin sie unterwegs war. Sie hatten noch zweimal angerufen, aber es hatte sich niemand gemeldet.

„Es geht um einen Schatz – ich wette, er liegt auf dem Grund der Bucht und jemand will ihn heben. Ohne Zeugen natürlich, damit er ihn ganz für sich behalten kann. Sachen, die in Küstennähe gefunden werden, müssen nämlich den Behörden übergeben werden“, überlegte Lilo.

Dominik polierte seine Brille und meinte: „Unser Schatzsucher will sicher bald zuschlagen. Es waren in den letzten Tagen zu viele Menschen in der Schwarzen Bucht.“

„Warum hat er damit eigentlich so lange gewartet?“, fragte Axel.

Lilo kannte die Antwort: Jörgen! Jörgen hatte die Schwarze Bucht ständig im Auge behalten, um zu verhindern, dass die letzte Ruhe der Wikinger gestört wurde.

„Was machen wir jetzt?“, fragte Dominik ratlos.

Die Knickerbocker wussten, dass sie keinen richtigen Beweis in der Hand hatten.

„Bitte, bleibt von der Bucht weg! Denkt an den letzten Anruf!“, warnte Inga.

„Da haben wir schon schlimmere Drohungen bekommen!“, erklärte Axel großspurig.

Die Knickerbocker berieten sich lange und entschlossen sich nach einigem Hin- und Hergerede, die Schwarze Bucht vorsichtig zu beobachten. Von nun an wollten sie sich dem unheimlichen Ort nur noch von oben über die Klippen und durch die Heide nähern.

Sie würden also nicht den Weg nehmen, der zu Jörgens Haus führte, sondern durch das hüfthohe Gras schleichen. Es bot gute Deckung, wenn man sich ein wenig gebückt bewegte.

Alle zwei Stunden gingen zwei der fünf Freunde zur Bucht, um nachzusehen, ob sich etwas ereignen würde. Außerdem versuchten sie, Ulla aufzutreiben und mehr über den Läufer in Erfahrung zu bringen.

Der Nachmittag und der nächste Tag vergingen ohne besondere Vorkommnisse. Die Freunde kamen in ihren Ermittlungen keinen Millimeter weiter und ärgerten sich darüber sehr.

Onkel Jens rief an und teilte ihnen mit, dass er erst am Abend des darauffolgenden Tages zurückkommen werde. Er ging eigentlich niemandem ab.

Am Dienstagnachmittag zogen von Westen her schwarze Wolken über Fyrekit auf.

Und gegen sieben Uhr abends brach ein Unwetter los, wie es die Knickerbocker noch niemals erlebt hatten.

Die Blitze schienen den schwarzen Himmel zu zerreißen. Und der Donner ließ die Fensterscheiben klirren und die Häuser bis in die Grundmauern erbeben. Ein Sturm erhob sich, der einige Bäume fast bis zum Boden bog und unerbittlich an den Fensterläden und Dachziegeln zerrte. Er heulte und jaulte schaurig und hatte eine derartige Kraft, dass er den Vorbau des Hauses zerstörte und die Latten der Einfassung wie Zündhölzer durch den Garten wirbelte und landeinwärts trieb.

Die Bande kauerte im Wohnzimmer und blickte mit mulmigen Gefühlen im Bauch in das Gewitter hinaus. Sie konnten nur hoffen, dass das Haus den Naturgewalten standhielt.

Abgebrochene Äste krachten gegen die Wände und die Fenster und Blätter und Gräser blieben an den nassen Scheiben kleben. Die Blitze tauchten die Landschaft in gespenstisches Licht.

Plötzlich fasste Poppi Lilo am Arm und flüsterte: „Vor dem Haus ist jemand!"

Der Läufer war da!

EIN FOLGENREICHER STREICH

Lilo gab Axel mit dem Kopf ein Zeichen. Er musste ihr jetzt beistehen! Der Läufer war keinesfalls zu unterschätzen.

Die beiden Knickerbocker machten alle Lichter aus und gingen nach oben. Lilo stellte sich an ein Fenster, von dem aus sie den Garten hinter dem Haus überblicken konnte. Axel beobachtete den vorderen Bereich des Grundstücks.

Wieder zerriss ein greller Blitz die Dunkelheit. Die Bäume und Sträucher wurden einen kurzen Augenblick lang beleuchtet und warfen bizarre Schatten.

Lilo hatte die Gestalt entdeckt. Sie stand unter einem Apfelbaum und hatte sich die Jacke schützend über den Kopf gezogen. Sie war triefnass – es war nicht der Läufer!

Schnell holte Lilo eine Taschenlampe und raste damit ins Erdgeschoss. Sie rannte zum Küchenfenster und leuchtete zum Apfelbaum.

„Ulla!“, stieß Lilo hervor.

Es war das blonde Mädchen, das um das Haus herumgeschlichen war. Zitternd umklammerte es den Baumstamm und hielt die Hand vor die Augen. Das Licht der Lampe blendete es.

Doch auf einmal lief Ulla fort.

Lilo stürzte zur Eingangstür, schloss auf und brüllte in das Prasseln des Regens hinaus: „Ulla! Komm zurück! Wir tun dir ja nichts. Bitte, komm! Bitte!“ Das Mädchen reagierte zuerst nicht. Nach einem kurzen Zögern drehte es sich aber um und trottete zum Haus zurück. Grußlos drängte es sich an Lilo vorbei in den Flur und ließ sich auf den Boden sinken.

Rund um Ulla bildete sich schnell eine Pfütze. Sie keuchte, wurde von Schluchzern geschüttelt und war völlig außer sich.

„Komm, ich gebe dir ein paar trockene Klamotten“, bot Lilo ihr an.

Ulla antwortete nicht.

Lilo ließ sich nicht beirren, brachte sie nach oben und schob sie ins Bad. Sie gab ihr eine Jeans und ein Sweatshirt und schloss die Tür.

Endlose Minuten vergingen, bis Ulla umgezogen war. Mit rot geränderten Augen starrte sie die erwartungsvoll dasitzenden Knickerbocker und Inga an.

Die fünf tranken gerade im Wohnzimmer einen exotischen Früchtetee.

„Willst du auch eine Tasse?“, fragte Lilo.

Ulla nickte.

Keiner der fünf wagte es, Ulla wegen des Läufers anzusprechen. Alle hatten Angst, dass sie dann aufspringen und verschwinden würde.

Das Mädchen schien sehr mit sich zu kämpfen, begann aber schließlich zu erzählen: „Bitte, seid vorsichtig! Torben ist gefährlich! Ich glaube, er ist verrückt geworden. Er weiß nicht mehr, was er tut. Ich muss mich auch vor ihm verstecken.“

„Aber warum?“, unterbrach Lilo.

Ulla setzte mehrmals zu einer Antwort an, aber erst nach langem Zögern sagte sie: „Er denkt, dass ich für den Tod meiner Schwester Britta verantwortlich bin!“

„Was?“ Die Knickerbocker fuhren hoch.

„Und ich glaube, dass er sie umgebracht hat und jetzt die Schuld auf mich schieben will!“, fuhr Ulla fort.

„Aber deine Schwester ist doch in Amerika!“, warf Lilo ein.

Ulla zuckte mit den Schultern. „Ja … nein … ich weiß es nicht!“

Lilo überredete Ulla, alles der Reihe nach zu berichten.

„Torben und Britta waren total ineinander verknallt. Sie besuchten beide dieselbe Hotelfachschule“, fing Ulla an. „Aber es gab auch einen anderen Jungen an der Schule, der ein Auge auf Britta geworfen hatte. Er hieß Claus. Doch Britta konnte ihn nicht ausstehen.

Ich habe mich immer gefreut, wenn ich jemanden an der Nase herumführen konnte, und weil Britta damals ziemlich widerlich zu mir war, wollte ich sie einmal so richtig drankriegen. Ich wollte ihr einen Streich spielen, den sie nicht so schnell wieder vergessen würde. Sie konnte wirklich anstrengend sein. Ständig spielte sie sich als große Schwester auf, die alles besser wusste und konnte. Ich bin nur vier Jahre jünger als sie, aber sie hat mich wie ein Baby behandelt“, beklagte sich Ulla.

Sie trank einen Schluck Tee und fuhr dann fort: „Ich habe Claus einen Liebesbrief geschickt und mit ‚Britta‘ unterschrieben. Er sollte nach dem Sonnwendfest in die Schwarze Bucht kommen und hinausschwimmen. Ich habe ihm aufgetragen, im

Wasser auf mich – das heißt auf Britta – zu warten. Allerdings mit dem Rücken zum Strand, denn meine Schwester sollte ihn ja für Torben halten.

Der zweite Brief ging an Britta. Ich habe Torbens Handschrift und Unterschrift gefälscht und Britta zu einem Treffen in die Schwarze Bucht bestellt. Ich habe ihr geschrieben, dass ich – also Torben – sie im Wasser erwarten würde. Sie sollte zu ihrem Liebsten hinausschwimmen, der bereits dem Augenblick entgegenfieberte, in dem ihre Lippen seinen Nacken berührten und so weiter.

Ich war wirklich stolz auf mich und konnte mir die verdutzten Gesichter der beiden so richtig vorstellen. Claus würde zwar hocherfreut sein, seine Angebetete zu sehen, meine Schwester aber würde aus allen Wolken fallen …"

„Und, was ist dann geschehen?", wollte Lilo wissen.

Es fiel Ulla nicht leicht, ihre Geschichte zu beenden. Sie seufzte, bevor sie ihr Geheimnis lüftete. „Ich bin in die Bucht gelaufen und habe mich versteckt. Ich wollte alles genau mitbekommen – vor allem wollte ich mir nicht entgehen lassen, wie Britta reagieren würde, wenn sie dahinterkam, dass sie statt Torben Claus umarmt hatte.

Es hat alles wie am Schnürchen geklappt. Zuerst erschien Claus und kraulte hinaus. Dann folgte Britta.

Sie war noch nicht ganz bei ihm, als plötzlich Torben auftauchte. Er war schrecklich eifersüchtig und muss Britta nachgeschlichen sein.

Er stand am Ufer und schrie ihr hinterher, dass er sie nie wieder sehen wolle und dass zwischen ihnen alles vorbei sei. Da ist Britta erschrocken und hat begriffen, dass sie jemand hereingelegt hatte.

Claus hat sich umgedreht und verstand nicht, was das Theater sollte. Er ist zum Ufer geschwommen und hat Britta am Strand eingeholt. Er hat sie am Arm gepackt und wollte sie nicht gehen lassen. Er versuchte, sie zu küssen, aber sie hat sich gewehrt, und dann ist er grob geworden.

Ich bin aufgesprungen und habe mein Versteck verlassen. Ich wollte zum Strand laufen, bin jedoch gestolpert und mit dem Kopf gegen einen Stein gefallen. Ich dürfte einige Stunden bewusstlos gewesen sein.

Als ich endlich wieder zu mir kam, war es bereits Tag. Ich hatte höllische Kopfschmerzen. Mein Schädel dröhnte nur so.

Britta und Claus waren natürlich verschwunden.

Torben auch. Ich habe nicht einmal mehr Spuren im Sand finden können.

Also habe ich mich auf den Weg nach Hause gemacht, aber dort war Britta auch nicht.

Ich war total fertig, aber meiner Mutter habe ich vorerst nichts erzählt. Sie ist zuckerkrank und ein Schock kann schlimme Folgen für sie haben.

Ich habe den ganzen Tag gewartet, aber Britta ist nicht aufgetaucht. Es war schrecklich! Ich wurde von Stunde zu Stunde nervöser. Am Abend erhielten wir dann einen Brief.

Britta teilte uns mit, dass sie sich entschlossen habe, mit Claus nach Amerika abzuhauen. Das hat mich extrem verwundert! Sie hatte all ihre Sachen einfach zurückgelassen und nicht eine Krone mitgenommen.

Ich habe Torben aufgesucht und ihn gefragt, ob er mehr weiß. Er hat mich rausgeworfen. Da ist mir eingefallen, dass Britta oft erzählt hat, wie toll Torben Handschriften nachmachen kann.

Ich glaube, er hat die Briefe und Karten aus Amerika geschrieben. Er hat die beiden aus Eifersucht umgebracht und den Mord zu vertuschen versucht.

Als ich ihm das an den Kopf geworfen habe, hat er mit einem Schlag kapiert, dass ich hinter der

Sache mit dem Rendezvous stecke. Deshalb bin ich in seinen Augen an allem schuld." Ulla stützte das Gesicht in die Hände und weinte bitterlich.

„Und die Polizei?", fragte Axel.

„Die Polizei? Die Polizei ist überzeugt, dass Britta und Claus nach Amerika gegangen sind!", stieß Ulla hervor.

Was war wirklich in der Nacht geschehen, die fast genau ein Jahr zurücklag? Warum hatten Britta und Claus innerhalb weniger Stunden die große Liebe füreinander entdeckt? Und weshalb waren sie ausgerechnet in die Vereinigten Staaten ausgewandert?

Das Telefon klingelte. Erschrocken zuckten die Knickerbocker zusammen.

Inga zauderte. Sollte sie rangehen?

Lilo nickte und begleitete sie, um mithören zu können.

Es war die flüsternde Stimme! Schnell fragte sie Inga etwas. Das Mädchen holte tief Luft und zählte dann die Namen aller Anwesenden auf. Der Unbekannte hatte also wissen wollen, wer alles bei ihr war. Inga nannte auch Ulla.

Der nächste Satz des Unbekannten klang sehr drohend. Er wiederholte ihn mehrere Male.

Und dann hörte Lilo ein Geräusch, das sie völlig

außer Fassung brachte. Sie schüttelte ungläubig den Kopf.

Nein, das konnte sie nicht glauben! Das war doch nicht möglich!

DAS SCHIFF IN DER BUCHT

„Wir sollen alle im Haus bleiben und uns keinen Schritt hinauswagen, hat er verlangt“, berichtete Inga nach dem Anruf.

Lilo stand schweigend da und schüttelte energisch den Kopf.

„Was ist los?“, rief Axel.

„Der Typ, der uns droht und den Wikinger gespielt hat – ich weiß jetzt, wer es ist!“, meinte das Superhirn.

„Wer?“ Ihre Freunde blickten sie gespannt an.

„Es ist Jörgen!“, erwiderte Lilo.

„*Jörgen?*“ Keiner konnte das glauben.

Doch Lilo hatte einen Beweis: „Erinnert ihr euch an die komische Uhr mit der kleinen Eisenbahn?

Ich habe den Pfiff im Hintergrund gehört – es war gerade zehn. Was sagt ihr jetzt?“

Warum jagte ihnen Jörgen Angst ein? Warum versuchte er sie einzuschüchtern?

Lilo hatte keine Erklärung dafür.

Jörgen war bestimmt auch der schwarze Taucher mit der hellblauen Hand. Aber welches Spiel trieb er nur?

Plötzlich fiel Axel etwas ein: „Es kann aber nicht Jörgen gewesen sein, der mich berührt hat, als ich zum ersten Mal in der Schwarzen Bucht geschwommen bin. Da ist er doch herbeigerudert und hat mich gerettet!“

Das war richtig. Es musste also jemand anderes dahinterstecken.

Lilo fiel der Besuch ein, den Jörgen gestern gehabt hatte. Der Gast hatte doch von „morgen“ gesprochen und eine Abmachung erwähnt. Dabei war er immer aufgeregter geworden.

Morgen war heute. Heute wurde also irgendein Vertrag eingelöst. Aber was war bloß vereinbart worden?

„Wir müssen in die Schwarze Bucht!“, stellte Lilo fest. „Wir müssen hin und schauen, was sich dort abspielt. Jörgen setzt alles daran, uns vom Meer fernzuhalten. Er versteckt etwas. Vielleicht geht es tatsächlich um einen Schatz."

Axel, Poppi und Dominik hatten begriffen, dass Lilo von ihrem Vorhaben nicht abzubringen war.

„Okay! Wir gehen aber gemeinsam!", beschloss Axel. „So sind wir am stärksten. Keiner bleibt da."

Ulla zögerte.

„Du kommst auch mit! Vielleicht erfahren wir etwas über deine Schwester!", meinte Lilo.

Das überzeugte Ulla. Sie wollte die Knickerbocker und Inga begleiten.

Draußen tobte das Gewitter. Die Blitze entluden sich so schnell hintereinander, dass sie den Himmel in ein hell glühendes Spinnennetz verwandelten.

„Wollen wir es wirklich wagen?", fragte Dominik unsicher.

„Was ist los mit dir? Hast du Angst um deine Frisur?", sagte Lilo spöttisch. Dominik streckte ihr die Zunge raus. Etwas Besseres fiel ihm nicht ein.

Inga holte alle wasserdichten Sachen, die sie auftreiben konnte. Es gab jede Menge Regenjacken und sogar Wasser abweisende Hosen im Haus, weil Onkel Jens ein leidenschaftlicher Segler war. Inga verteilte die Klamotten.

„Fertig?", fragte Lilo.

Alle nickten.

„Dann los!“, rief das Superhirn und stieß die Tür auf. Ulla, Inga und die Knickerbocker tappten in den strömenden Regen hinaus.

Es dauerte nicht einmal drei Minuten, bis sie durch und durch nass waren – und das trotz des Ölzeugs aus den Beständen von Poppis Onkel. Es goss wie aus Kübeln. Manchmal glaubten die Knickerbocker, nicht einmal mehr richtig atmen zu können, weil ihnen die Wassermassen mit so ungeheurer Wucht ins Gesicht schlugen.

Es kam ihnen wie eine Ewigkeit vor, bis sie endlich die Klippen erreichten. Lilo führte sie zu der Stelle, von der aus man den besten Blick über die Schwarze Bucht hatte.

„Ein Schiff!“, schrie Dominik.

Durch den Torbogen der Klippen, der die Bucht vom offenen Meer trennte, war ein ungefähr dreißig Meter langes, recht plump wirkendes Schiff hereingeglitten. Es lag mitten in der Bucht und hatte einen Metallkran ausgefahren, der seitlich über die Reling ragte. Gerade wurde eine Kette in die Tiefe gelassen.

„Da ist der Schatz! Sie holen ihn jetzt rauf!“, sagte Lilo atemlos.

Wieder zerrissen mehrere Blitze den Himmel. Diesmal waren es drei, die knapp nacheinander die Klippen in ein schauriges Licht tauchten.

Ulla kreischte vor Schreck auf und griff nach Axels Arm. Der Knickerbocker drehte sich in die Richtung, in die sie starrte, konnte aber nichts mehr erkennen. Es war bereits wieder dunkel.

Der Donner ließ die Felsen erbeben.

Schon entlud sich der nächste Blitz.

Die Knickerbocker folgten Ullas Blick und sahen auf einem nahen Felsen die Umrisse eines Mannes. Die Gestalt in der Nähe des Wasserfalls hatte die Arme zum Himmel gestreckt. Sie schien etwas zu brüllen.

Während die Knickerbocker wie gebannt hinschauten, entging ihnen das, was sich in der Bucht inzwischen tat.

An Bord des Kranschiffes erschienen mehrere Seeleute, die im Licht der Blitze die sechs Schatten auf der Klippe entdeckt hatten, die ihr Treiben beobachteten.

Jemand griff nach seinem Fernglas und richtete es auf die Knickerbocker und die beiden Mädchen. Die Leute an Bord des Schiffes berieten sich kurz. Ein Ruderboot legte ab und setzte zum Strand über.

Der Mann beim Wasserfall hatte die sechs Neugierigen inzwischen auch bemerkt. Er drohte ihnen mit geballter Faust, wand sich wie in Krämpfen und schien mit seinem Gebrüll den Donner übertönen zu wollen.

„Das ist Torben!“, rief Ulla.

Torben trug nichts weiter als eine weiße Hose und ein weißes Hemd. Sein Haar hing ihm schwer und nass in den Nacken.

Ein heftiger Windstoß fegte völlig unerwartet über die Klippe hinweg und drückte die Knickerbocker, Ulla und Inga zu Boden. Torben aber brachte er aus dem Gleichgewicht. Er ruderte wild mit den Armen, bevor er hinter der Felskante verschwand.

Ulla stieß einen verzweifelten Schrei aus. Lilo legte ihr den rechten Arm um die Schulter und versuchte, sie zu beruhigen.

Ulla zitterte am ganzen Körper und verbarg das Gesicht in den Händen. Sie konnte nicht einmal mehr weinen.

Die Knickerbocker standen nicht auf. Der Sturm war zu mächtig geworden und die Gefahr, ebenfalls von den Klippen geweht zu werden, war einfach zu groß. Auf dem Bauch schoben sie sich zur Felskante vor und verfolgten, was in der Bucht geschah.

An Bord des Schiffes waren mehrere Personen damit beschäftigt, den Kran zu überwachen, darauf zu achten, dass die Kette nicht aus der Führung sprang und das Schiff durch die Last nicht zu stark Schlagseite bekam.

Es gab keinen Zweifel. Sie holten etwas sehr, sehr Schweres nach oben. Das Schiff neigte sich gefährlich. Zwei Seeleute liefen auf die andere Seite, um Gegengewichte anzubringen.

Die fünf Freunde hielten den Atem an. Welchen Schatz hob das geheimnisvolle Schiff?

DER DOPPELSARG

„Aufstehen und mitkommen!", brüllte auf einmal eine Stimme hinter ihnen.

Sie drehten sich um. Es war Jörgen.

Er hatte eine Waffe unter den linken Arm geklemmt, die Axel aus Kriminalfilmen kannte. Ein Schuss genügte, um ein riesiges Loch in eine auch noch so dicke Wand zu reißen.

„Aufstehen!", schrie der Taucher. Sein runzeliges Gesicht war hochrot. Seine kleinen Augen traten aus den Höhlen und die Nasenflügel bebten. Von seiner Sanftheit und den gedankenverlorenen Blicken war nichts mehr übrig.

„Ihr Idioten!", schimpfte er. „Ihr haltet euch wohl für die Größten? Ihr glaubt anscheinend, ihr müsst niemandem gehorchen und könnt immer tun, was ihr wollt?“

Schweigend kauerten die Knickerbocker, Ulla und Inga vor ihm. Der Regen rann an ihnen herab und ließ sie noch jämmerlicher aussehen.

„Abmarsch!“, befahl Jörgen. Er machte eine Bewegung mit der Waffe, um ihnen die Richtung zu zeigen, in die sie gehen sollten.

Mit hängenden Köpfen schlichen die Kinder los. Jörgen blieb dicht hinter ihnen.

„Hände über den Kopf!“, rief er, obwohl die sechs unbewaffnet waren.

Jörgen trieb sie zu seinem Haus und von dort hinunter zum Strand. Der Weg hatte sich in einen Sturzbach verwandelt und es war schwierig, nicht auszurutschen.

„Was jetzt?“, flüsterte Axel Lilo ins Ohr.

Lilo verzog ratlos den Mund. „Wir können nur auf eine günstige Gelegenheit warten!“, antwortete sie leise.

Unten angelangt, führte Jörgen sie zu einem länglichen Gegenstand, der im Sand lag. Das Ding sah auf den ersten Blick wie eine Pressluftflasche aus, hatte aber spitze Enden mit zahlreichen Sensoren und kleinen Antennen.

„Hinsetzen!“, brüllte Jörgen.

Die Knickerbocker und die Mädchen plumpsten zu Boden und starrten das Ding ängstlich an.

War das eine Bombe?

Jörgen amüsierte ihre Furcht. Er lachte schmierig. „Nein, das ist keine Bombe!“, wieherte er, als könnte er ihre Gedanken erraten. „Das ist die Hand aus der Tiefe, die euch erschreckt hat.“

„Was?“ Lilo konnte es nicht fassen.

„Ein Unterwasser-Transporter, der bis zu dreihundert Meter tief tauchen und in seinem Inneren an die fünfundzwanzig Kilogramm Material befördern kann“, erklärte Jörgen. „Er reagiert auf alle Hindernisse, die sich ihm in den Weg stellen. Berührt er einen Gegenstand, untersucht er ihn in Sekundenbruchteilen mithilfe seiner Sensoren. Trifft der Transporter auf ein lebendiges Wesen, ist er darauf programmiert, es nach unten zu ziehen.“

Axel verstand. Er hatte keine Hand, sondern das Metall des Geräts gespürt, das seinen Körper gestreift hatte. Kam der Transporter gerade vom Grund der Bucht, war die Verkleidung des Geräts besonders kalt, da am Meeresboden nur an die vier Grad Celsius herrschten.

„Erreicht der Transporter die Wasseroberfläche,

tasten Infrarotstrahlen das Ufer ab. Menschliche Körper sind so warm, dass sie von den Sensoren wahrgenommen werden können. Dann taucht der Transporter sofort wieder ab. Wenn er kein Lebewesen ausmacht, leuchtet eine kleine Signallampe auf. Ich kann dann losrudern und ihn an Land bringen." Der Taucher strahlte.

„Hast *du* das Ding gebaut?", rief Lilo, um den Sturm zu übertönen. Sie hätte sich die Antwort selbst geben können. Jörgen platzte fast vor Stolz.

„Ja", erwiderte der Forscher. „Das war ich!"

„Und wozu brauchst du so einen Transporter?", wollte Lilo nun wissen.

Das Ächzen des Bootes war trotz des Unwetters bis zum Ufer zu hören. Die Kette quietschte und knirschte laut und der Kran verursachte schaurige Laute.

Die Männer an Bord schrien aufgeregt durcheinander. Scheinwerfer wurden eingeschaltet und auf das Wasser gerichtet. Langsam durchstieß eine ungefähr drei Meter lange und eineinhalb Meter breite Truhe die Oberfläche.

Dominik erschauderte. Sein erster Gedanke war: Ein Doppelsarg!

Befehle wurden erteilt, und mit vereinten Kräf-

ten hievten die Seeleute die geheimnisvolle Truhe behutsam an Bord.

Die Matrosen sprachen englisch – ein amerikanisches Englisch, wie Dominik, der sich sehr für sprachliche Besonderheiten interessierte, feststellte. „Was ist in der Truhe?“, wollte er wissen und zeigte auf die Kiste.

Jörgens Mund verzog sich zu einer hämischen Grimasse. „Da liegen Britta und Claus drin!“, verriet er.

Ulla starrte ihn ungläubig an.

An Bord des Schiffes wurde die Kiste soeben geöffnet. Der Deckel quietschte, als man ihn hochstemmte. Die Matrosen bückten sich und hoben zwei leblose Gestalten heraus.

„Britta!“, schrie Ulla.

Jörgen weidete sich an ihrem Entsetzen.

„Ist sie … ist sie tot?“, stammelte das Mädchen.

Jörgen gab ihr keine Antwort. „Gefällt euch die Kiste?“, fragte er.

„Was soll das?“, kreischte Lilo entsetzt.

„Ihr seid nämlich die Nächsten!“, verkündete Jörgen. „Wird vielleicht ein bisschen eng, weil sie nur für zwei gebaut ist, aber ihr werdet es schon aushalten. Die Fahrt dauert nicht allzu lange.“

„Fahrt? Welche Fahrt? Wovon redest du?“ Dominik geriet zusehends in Panik.

„Ihr habt die große Ehre, den Platz von Britta und Claus einzunehmen! Ich wette, dass mir viele dankbar sein werden, wenn ich die Welt von eurer lästigen Anwesenheit befreie!“, meinte Jörgen.

Axel begann, sich im Zeitlupentempo zu bewegen. Er war nicht weit von Jörgen entfernt – höchstens drei oder vier Schritte. Er wollte sich an ihn heranpirschen und ihm die Beine wegreißen.

Lilo erkannte den Plan ihres Kumpels und verwickelte Jörgen in ein Gespräch, um ihn abzulenken.

„Was hast du mit Britta und Claus angestellt?“, fragte das Superhirn.

„Ich habe einen kleinen Test mit ihnen durchgeführt, sonst gar nichts“, antwortete Jörgen.

„Was für einen Test? Was wolltest du denn erforschen?“, fragte Lilo weiter.

„Es waren keine Freiwilligen zu finden, obwohl wir den Testpersonen viel Geld geboten haben. Deshalb musste ich eben zwei Leute zu Freiwilligen machen. Das Liebespärchen kam mir gerade recht. Ich konnte ja nicht ahnen, dass sie einander in Wirklichkeit nicht ausstehen konnten!“ Der Taucher grinste.

Ein Matrose trat an die Reling und rief Jörgen etwas zu.

Der Taucher drehte sich daraufhin zu den Knickerbockern und den beiden Mädchen um und verkündete: „Meine Lieben, es ist Zeit für euer größtes Abenteuer! Ihr werdet jetzt in das Ruderboot steigen und schön brav sein!“

Axel war noch höchstens zwei Meter von Jörgen entfernt. Nur ein paar Schritte, dann hatte er es geschafft!

„Und dann, was geschieht dann?“ Lilo ließ nicht locker. Sie versuchte, das Zittern in ihrer Stimme zu unterdrücken.

„Das wirst du schon sehen!“, schnauzte Jörgen sie an. „Deine Neugier ist mir gleich auf die Nerven gegangen!“

Gleich darauf schrie er auf. Ein Schuss knallte durch die Gewitternacht und mischte sich mit dem Donnergrollen, das gerade vom Meer her über die Schwarze Bucht dröhnte.

GLÜCK IM UNGLÜCK

Axel war es gelungen. Er war an Jörgen herangeschlichen und hatte ihn mit einer schnellen Bewegung aus dem Gleichgewicht gebracht.

Axel hatte große Kraft in den Armen und in dieser Sekunde bereute er keine Minute des harten Trainings, dem er sich zwei- bis dreimal pro Woche unterzog.

Jörgen war unter Axels Angriff nach hinten gestürzt und dabei hatte sich ein Schuss gelöst. Die Munition war in die Luft gegangen und niemand war verletzt worden.

An Bord des Schiffes erhob sich ein Tumult. Die Matrosen schrien Jörgen irgendetwas zu. Der Motor wurde angelassen.

Jörgen richtete sich auf. Sein Gesicht war vor Wut verzerrt.

Vor lauter Freude über den Erfolg von Axels Überraschungsangriff hatten die Knickerbocker nicht daran gedacht, Jörgen die Waffe abzunehmen. Er hielt sie noch immer unter dem linken Arm und brüllte den Freunden zu, sie sollten sofort ins Boot klettern. Jörgen geriet völlig außer sich, und als die Freunde sich widerwillig auf den Weg machten, knallte hinter ihnen der nächste Schuss.

Nur wenige Meter von Lilo entfernt schoss eine Sandfontäne in den Nachthimmel. Eine Handvoll traf sie im Gesicht, einige Körner flogen ihr in die Augen und den Mund und Lilo konnte nichts mehr sehen und nicht mehr atmen. Hinter ihr war ein Kampf entbrannt. Lilo spuckte und rieb sich die tränenden Augen.

Sie hörte Axel und Dominik schreien. Als sie sich umdrehte, glaubte sie Jörgen auf dem Rücken liegen zu sehen. Über ihm stand Torben! Er war also nicht ins Meer gestürzt. Torben musste Jörgen überrascht und ihm die gefährliche Waffe entrissen haben. Jetzt hatte er sie auf das Schiff gerichtet. Auf Englisch befahl er den Seeleuten, den Motor abzustellen.

Die gesamte Besatzung gehorchte widerspruchslos: Torben schien zu allem entschlossen zu sein. Nun mussten die Seeleute mit erhobenen Händen an die Reling treten.

Torben hätte eine großartige Zielscheibe abgegeben. Er stand aufrecht am Ufer.

Aber die Matrosen fügten sich. Sie waren also unbewaffnet.

Torben rief Ulla und Inga etwas zu.

„Wir sollen die Polizei holen!", übersetzte Poppis Cousine.

Die Knickerbocker wollten sie begleiten. Sie waren froh, die Bucht verlassen zu können.

Eine Woche nach dem Wikingerfest stieg im Garten von Onkel Jens eine tolle Party. Ingas Vater hatte sogar eine Band bestellt. Es gab allen Grund zu feiern: Niemand war während der furchtbaren Nacht in der Schwarzen Bucht verletzt worden. Und Britta und Claus lebten!

Sie hatten das schrecklichste, aber vielleicht auch das aufregendste und ungewöhnlichste Jahr ihres Lebens hinter sich – ein Jahr, über das sie viel zu erzählen hatten. Mehrere Zeitungen hatten ihnen riesige Summen versprochen, wenn die beiden ihnen den Bericht über ihre Erlebnisse verkauften. Es gab auch schon Angebote von Buchverlagen und einer Filmproduktionsgesellschaft.

Britta und Claus hatten es allerdings nicht eilig sich zu entscheiden, weil sie das Honorar erhielten, das ein Jahr zuvor allen in Aussicht gestellt worden war, die sich für das Experiment zur Verfügung gestellt hätten.

Britta und Claus hatten ein Jahr in einhundertsechsundfünfzig Meter Tiefe auf dem Grund der Schwarzen Bucht zugebracht.

Die Firma, die damals die Wikingerschiffe geborgen hatte, war beauftragt worden, für einen amerikanischen Konzern eine Unterwassereinheit zu testen, in der Menschen völlig unabhängig vom Festland überleben konnten.

Obwohl mehrere Personen interessiert gewesen waren, an dem Experiment teilzunehmen, hatte sich schließlich niemand überwinden können, das Wagnis auf sich zu nehmen. Doch Jörgen, der von der Erfindung besessen war, hatte sich von dem Plan nicht abbringen lassen und beschlossen, Britta und Claus zu entführen. Das war nicht schwierig gewesen, da der Test unter größter Geheimhaltung ablaufen sollte.

Während der Bergungsarbeiten hatte man festgestellt, dass die Bucht für das Unterfangen hervorragend geeignet war, und deshalb sofort damit begonnen, die Unterwassereinheit aufzubauen. Es handelte sich um ein Labor mit einem Garten, der die Bewohner mit Nahrung versorgen sollte. Neben den wissenschaftlichen Einrichtungen gab es Räume zum Schlafen und zum Wohnen, eine Küche und sogar ein Badezimmer.

Die Einheit wurde aus Stahl- und Panzerglasteilen zusammengefügt. Künstliche Sonnen sorgten für die nötige Beleuchtung und das Wachstum der Pflanzen.

Anfangs war es für Britta und Claus der absolute Horror gewesen, gemeinsam auf engstem Raum zu leben, doch sie hatten es geschafft, sich aufeinander einzustellen.

Nach etwa zehn Monaten hatten sie allerdings Schwierigkeiten bekommen. Die Versorgung aus dem Unterwassergarten funktionierte nicht mehr. Und da die Fischfallen kaputtgegangen waren, begann Jörgen, ihnen Fertignahrung zukommen zu lassen. Das Transportergerät hatte bisher nur dazu gedient, die Berichte abzuholen, die Britta und Claus alle zwei Tage verfassen mussten. Jörgen hatte die beiden gezwungen, diesen Ausführungen fingierte Nachrichten beizulegen, die er einem Freund nach Amerika geschickt hatte; dieser hatte die Postkarten und Briefe von dort aus versandt.

Claus und Ullas Schwester waren zwar gesund, aber sehr mitgenommen. Sie würden eine Weile zur Beobachtung im Krankenhaus bleiben.

Ulla hatte Britta bereits besucht und sich bei ihr entschuldigt. Schließlich hatte ihr dummer Streich dazu geführt, dass sie ein Jahr in der Tiefe des Meeres hatte zubringen müssen.

Britta war nicht wirklich böse. Dafür war sie auch noch zu schwach. Als sie dann von den verlockenden Angeboten erfuhr, sah die Sache für sie auch schon ganz anders aus.

Torbens Eifersucht hatte zuerst keine Grenzen gekannt, aber Britta konnte ihn bald überzeugen, dass ihr Leben mit Claus am Grund der Schwarzen Bucht nichts daran geändert hatte, dass sie nur ihn liebte.

Jörgen war bereits festgenommen worden. Er hatte sich der Entführung und Freiheitsberaubung schuldig gemacht und würde garantiert für Jahre hinter Gitter wandern.

Ganz Fyrekit nahm am Fest teil und feierte die

Knickerbocker-Bande noch stürmischer als die Wikinger.

Und die vier Freunde waren stolz – stolz, durch ihre Beharrlichkeit eine so große Sache aufgedeckt zu haben.

Gerade als Onkel Jens seiner Tochter wieder einmal sagen wollte, dass sie sich ein Beispiel an den vier Besuchern nehmen sollte, betrat Lilo das Podium, nahm dem Sänger der Band das Mikrofon aus der Hand und verkündete: „Wir haben beschlossen, dass die Knickerbocker-Bande ein neues Ehrenmitglied bekommen soll. Ein Mädchen, das viel Mut bewiesen und ganze Arbeit geleistet hat: Inga!"

Die Musiker spielten einen Tusch und alle applaudierten.

Onkel Jens bekam vor Staunen den Mund nicht mehr zu.

Inga umarmte Lilo stürmisch und bedankte sich.

„Du siehst das falsch", sagte das Superhirn. „Wir müssen *dir* danken. Denn durch deine Wette mit Axel sind wir auf diesen irren Fall gestoßen!"

Irre und atemberaubend würde auch ihr nächstes Abenteuer werden …

SKAGERRAK
Hjarring
Alborg
KATTEGAT
Viborg
Grana
Holstebro
Rinkebing
Herning
NORDSEE
JÜTLAND
Hillerod
Kopenhagen
Vejile
Roskilde
Soro
Ribe
Odense
Abenra
OSTSEE
DEUTSCHLAND

DIE KNICKERBOCKER BANDE

DER KNICKERBOCKER-BANDENTREFF

Werde Mitglied im Knickerbocker-Detektivclub! Unter www.knickerbocker-bande.com **kannst du dich als Knickerbocker-Mitglied eintragen lassen. Dort erwarten dich jede Menge coole Tipps, knifflige Rätsel und Tricks für Detektive. Und natürlich erfährst du immer das Neueste über die Knickerbocker-Bande.**

Hier kannst du gleich mal deinen detektivischen Spürsinn unter Beweis stellen – mit der Detektiv-Masterfrage, diesmal von Lilo:

HALLO LEUTE,

das war mal wieder typisch! Erst markiert Axel den starken Mann, indem er bei Dunkelheit in der Schwarzen Bucht schwimmt, und dann lässt er sich von mir retten. Und alles nur wegen einer dämlichen Wette! Mal unter uns: Ich bin echt froh, dass Axel manchmal angeben und seinen Mut unter Beweis stellen muss. Ohne ihn wären uns bestimmt schon viele Abenteuer durch die Lappen gegangen.

Diesen Fall fand ich aber wirklich unheimlich. Stellt euch vor, ihr werdet von einer

Maschine berührt und verwandelt euch in Sekundenschnelle in eine Art Eisklotz. Ihr könnt eure Arme und Beine nicht mehr richtig bewegen und das Wasser schlägt über euren Köpfen zusammen. Gruselig, oder? Aber zum Glück haben wir eine dieser Horrorszenen auf Video festgehalten. Superdetektiven entgeht kein Detail. Weißt du noch, was mich bei der Filmaufnahme stutzig gemacht hat?

Die Lösung gibt's im Internet unter
www.knickerbocker-bande.com
Achtung: Für den Zutritt brauchst du einen Code. Er ergibt sich aus der Antwort auf folgende Frage:

Welche der drei Mahlzeiten ähnelt dem dänischen Smörrebröd?

Code
46418 Schnüüsch
47138 Labskaus
45129 Kransekage

Und so funktioniert's:
Gib jetzt den richtigen Antwortcode auf der Webseite unter **MASTERFRAGE** und dem zugehörigen Buchtitel ein!

Tschüss und bis zum nächsten Mal!
Deine
Lilo

HALLO THOMAS!

Wolltest du schon immer Schriftsteller werden?
Zuerst wollte ich Tierarzt werden, aber ich habe beim Studium schnell erkannt, dass das kein Beruf für mich ist. Geschichten habe ich mir immer schon gerne ausgedacht und geschrieben habe ich auch gerne. Allerdings nicht in der Schule, denn meine Deutschlehrer waren immer nur auf Fehlerjagd. Geschrieben habe ich mehr für mich und durch viele Zufälle ist aus dem Hobby ein Beruf geworden.

Wie lange brauchst du für ein Buch?
Ganz unterschiedlich. An guten Tagen schaffe ich etwa 20 Buchseiten. Es gibt auch Tage, an denen ich nur wenig schaffe. Trotzdem setze ich mich immer hin. Ich höre übrigens immer mitten im Satz zu schreiben auf.
Am nächsten Tag fällt das Anfangen dann viel leichter.

Erfindest du alles, was in deinen Büchern steht, oder recherchierst du viel?
Natürlich recherchiere ich, wenn es das Thema verlangt. Sehr gründlich. Das ist auch wichtig für mich, weil ich mich sonst beim Schreiben nicht sicher fühle. Zum Recherchieren bin ich schon U-Boot gefahren, durfte einmal als Flugschüler ein kleines Flugzeug steuern, habe einen Sturzflug miterlebt, Tierpfleger bei der Arbeit begleitet, lange

Gespräche mit Tierschützern geführt und viele Städte und Länder bereist. Die Geschichten selber entstehen natürlich in meiner Fantasie.

Woher nimmst du eigentlich deine Ideen?
Hm, das ist mir selbst ein Rätsel. Sie kommen ganz einfach. Ich ziehe Ideen an wie ein Magnet … Ich halte Augen und Ohren weit offen und fange sie auf diese Weise ein. In meinem Kopf reifen sie dann. Manche ein paar Wochen, andere ein paar Jahre. Von 1000 Ideen setze ich aber nur vielleicht 30 um. Ich sammle ständig und überall. Oft genügt ein winziger Anstoß und auf einmal wächst daraus die Geschichte.

Entstehen deine Geschichten erst beim Schreiben am Computer oder hast du sie schon vorher ganz genau in deinem Kopf?
Mehr als zwei Drittel sind fertig, wenn ich mich zum Schreiben hinsetze. Ich notiere jede Idee in einen Mini-Computer, den ich immer dabeihabe, aber nur aus einigen werden dann Geschichten. Manchmal braucht das „Wachsen" ein paar Wochen, manchmal ein paar Jahre.

Was ist das für ein Gefühl, wenn man so bekannt ist?
Ich finde es toll, wenn ich Briefe und E-Mails von Lesern bekomme, die mir erzählen, wie viel Spaß und Spannung sie beim Lesen hatten. Das ist für mich ein wunderbares Gefühl. Schließlich schreibe ich nicht, um bekannt zu sein, sondern weil es für mich die tollste Sache der Welt ist.

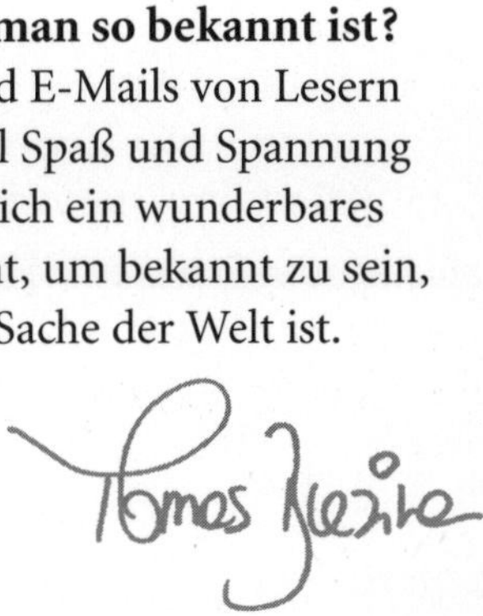

Ravensburger Bücher

Thomas Brezina

Titanic, bitte melden!

Band 28

Poppis Herz rast! Vor ihr schweben drei Gestalten durch den Frachtraum der nachgebauten Titanic, auf der sie mit Axel und Lilo nach Amerika reist. Sie flieht voller Panik an Deck. Ihre Freunde bezweifeln, dass Poppi echte Geister gesehen hat. Doch dann häufen sich die Anzeichen, dass auch die neue Titanic sinken wird.

ISBN 978-3-473-**47129**-4

Thomas Brezina

Der Geisterreiter

Band 35

„Das ist Mr Saxon. Er ist vor einem halben Jahr gestorben", flüstert das Mädchen den Juniordetektiven zu. Nur wenige Meter von ihnen entfernt sehen sie einen grün leuchtenden Mann. Doch ist das tatsächlich ein Geist? Die Bande stellt Nachforschungen an und stößt dabei auf ein Rätsel aus der Vergangenheit, das ihnen zum Verhängnis wird ...

ISBN 978-3-473-**47151**-5

www.knickerbocker-bande.de

Ravensburger

LESEPROBE

In der abendlichen Gasse lag unheimliche Stille. Sogar der Wind hatte aufgehört zu wehen. Kein Mensch zeigte sich, keine Katze, nicht einmal eine Maus.

Eine rote Fahne mit goldenen Schriftzeichen hing schlaff von einem Vordach. Auf einem Mauervorsprung hockte ein geduckter Drache mit aufgestelltem Kamm.

Die niedrigen chinesischen Häuser standen dicht aneinandergedrängt, als wollten sie sich gegenseitig wärmen, obwohl das gar nicht nötig war. Nach einem schwülen Frühherbsttag war die Luft lau und angenehm.

Die kleine Seitengasse war gerade breit genug für eine schlanke Person. Ein etwas dickerer Mensch oder jemand mit breiten Schultern musste sich seitlich durchschieben.

In dieser Gasse lauerten im Schutz der Dunkelheit drei Gestalten. Die weißen und schwarzen Seidengewänder knisterten bei jeder Bewegung. Eines der Gesichter war weiß geschminkt, nur der Mund leuchtete blutrot und die Augen waren rot umrandet. Ein anderes lag verborgen hinter einer dämonisch grinsenden Maske. Das dritte steckte unter einem Drachenkopf aus Pappmaschee, dessen Augen groß und rund hervortraten und dessen Maul zu einem wilden Lachen verzogen war.

Die drei standen hintereinander an der Ecke, lugten in die quer verlaufende größere Straße und warteten.

Und warteten.

Und warteten.

„Ist das wirklich eine gute Idee?", fragte die weiße Gestalt. Es war Poppi.

„Ja-ha", antwortete mit Grabeshauchen Axel, der die Dämonenmaske trug.

Dumpf drang nun Lilos Stimme aus dem Drachenkopf: „Wir stellen doch nur den Mut unseres Karate-Stars auf die Probe. Er wird sicher überhaupt nicht erschrecken!" Die Art, wie sie es sagte, zeigte, dass sie das Gegenteil annahm.

Aus einem der Häuser drang das Klappern von Geschirr und Töpfen.

„Wieso kommt er nicht?" Poppi wurde ungeduldig. Sie hatte keine Lust, noch länger dort herumzustehen.

„Seine Karatestunde sollte schon zu Ende sein." Axel schob den Ärmel des schwarzen Seidenanzugs zurück und warf einen Blick auf die Uhr. „Sie war vor genau vierzehn Minuten aus."

„Und wenn er einen Hinterausgang benutzt hat?", gab Poppi zu bedenken.

„Gibt es nicht!", sagte Lilo.

Die Karateschule lag vier Häuser entfernt hinter einem schwarzen Holztor mit geschnitzten runden Knöpfen, die golden schimmerten. Bereits seit einer Woche trainierte Dominik hier zwei Stunden am Vormittag und drei Stunden am Nachmittag. Seine Knickerbocker-Freunde fanden, dass ihm das gar nicht guttat. Sie waren einer Meinung: Er wurde immer eingebildeter und hochnäsiger. Ständig wollte er Tee trinken. Stundenlang hockte er im Lotussitz auf dem Boden, die Beine ineinander verschlungen, die Augen halb geschlossen, und wippte leicht mit dem Oberkörper vor und zurück. Meditation nannte er das.

Kein Abend verging, ohne dass er neue Würfe, Handkantenschläge und Tritte vorführte. Dabei betonte Dominik, er könne unter keinen Umständen einen seiner Knickerbocker-Freunde zur Demonstration verwenden, sondern ausschließlich seinen chinesischen Freund Long. Auf seine ernste, professorenhafte Art malte er in glühenden Farben aus, wie gefährlich die Übungen seien und behauptete, damit in Sekundenschnelle Knochen brechen zu können.

Lilo, Axel und Poppi konnten diese Angebereien nicht ausstehen. Sie wollten Dominik einen kleinen Denkzettel verpassen. „Damit seine Festplatte wieder richtig läuft“, wie Axel es ausdrückte. Dazu hatten sie sich verkleidet in der Seitengasse versteckt. Wenn Dominik den Heimweg antrat – allein an diesem Abend, wie sie wussten –, würden sie ihm nachschleichen und ihn erschrecken.

Aber wo blieb er?

Die Tür der Karateschule war geschlossen. Nichts deutete darauf hin, dass sich jemand in dem Gebäude befand. Sie hörten keine Stimme, keinen Ruf, nichts.

Poppi kamen Bedenken: „Vielleicht ist er heute schon früher nach Hause gegangen. Als wir noch beim alten Peng waren.“

Natürlich, das war möglich. Aber wie konnten sie herausfinden, ob es zutraf? Sollten sie einfach anklopfen und fragen?

Sand knirschte in der Nähe. Eine kurze Pause, dann knirschte es wieder. Pause. Knirschen. Pause. Knirschen.

Da kam jemand mit langsamen, schweren Schritten die Straße herauf.

Am Ende des Gässchens, in dem sich die Freunde

verbargen, war von einem Haus zum anderen ein Draht gespannt, an dem ein roter Lampion baumelte. In ihm brannte eine Glühbirne.

Von ihrem Versteck aus konnten die drei Freunde den langen Schatten einer kantigen Gestalt sehen. Der Kopf war quadratisch, der Oberkörper breit und zur Hüfte hin dreieckig zulaufend, das Gewand fiel gerade herab, die dicken Beine schienen in Stiefeln zu stecken.

Mit jedem Schritt schob sich der Schatten ein Stück voran. Immer weiter glitt er über den feinen Staub und die kleinen Steine der Straße, die keinen festen Belag besaß.

Poppi drängte tiefer in die Seitengasse.

Nur einen Steinwurf von ihnen entfernt blieb der Unbekannte stehen.

Wer war das?

Die Frage schoss allen drei Knickerbocker-Freunden im selben Moment durch den Kopf.

Wie der Schatten hatte vermuten lassen, war der Mann sehr groß. Bestimmt zwei Meter oder mehr. Sein gesamter Körper, auch die Fingerspitzen und Zehen, steckten in einem Gewand aus dunkler Seide, das weder Knöpfe noch andere Verschlüsse zu haben schien. Darüber trug er eine Art Rüstung aus einem Material, das bei jedem Schritt ein Geräusch erzeugte, als würde jemand Kieselsteine werfen. Der Brustpanzer war dreieckig: Die breite Seite schützte die Schultern, die Spitze befand sich auf der Höhe des Nabels. Die Beine steckten in flexiblen Röhren aus dem gleichen Material.

Es war kein festes Metall. Lilo hatte etwas Ähnliches schon einmal in einem Museum gesehen: steinerne Plättchen in der Größe eines Daumennagels, die kunstvoll mit Draht zusammengehängt waren. Sie ergaben ein schützendes, gleichzeitig aber biegsames Gewebe.

Besonders ungewöhnlich sah der Helm aus. Unter einer Art spitz zulaufendem Hut mit breiter Krempe befand sich ein Gesicht aus gehämmertem Messing oder Gold: weit aufgerissene Augen, ein zu einem staunenden O geöffneter Mund, eine schmale Nase.

Poppi war so überrascht, dass sie heftig die Luft einzog.

Der Unbekannte hatte es gehört. Mit einer ruckartigen Drehung wandte er sich der Seitengasse zu. Die hohlen Maskenaugen glotzten ins Leere.

Axel, Lilo und Poppi wagten nicht mehr zu atmen. Die Gestalt wirkte Furcht einflößend.

Ihre Angst wurde noch größer, als der Mann sehr schnell den Kopf zurückwarf, so als wollte er eine Strähne aus der Stirn schleudern. Schlagartig veränderte sich der Gesichtsausdruck der Maske. Unter dicken Brauen starrten zwei zusammengekniffene Augen in ihre Richtung. Die Nasenflügel waren wütend gebläht, die wulstigen Lippen geöffnet, Raubtierzähne zeigten sich.

Sekunden verstrichen. Sie erschienen den Knickerbockern wie eine Ewigkeit. Die Maskenaugen versuchten wohl, die Finsternis zu durchdringen, in der die drei sich verbargen.

Endlich wandte sich der rätselhafte Unbekannte wie in Zeitlupe ab und setzte seinen Weg fort.

Er verschwand aus dem schmalen Blickfeld, das die Seitengasse frei ließ. Am Knirschen der Schuhsohlen auf dem Boden war zu hören, dass er weiterschritt.

Axel war der Neugierigste der Knickerbocker. Er musste unbedingt sehen, wohin der Mann ging. Geduckt und sicherheitshalber an die raue, noch warme Mauer gepresst, schob er sich bis zur Hauskante nach vorn und spähte um die Ecke in die Straße.

Lilo und Poppi blieben in Deckung. Als Axel aber energisch winkte, sie mögen sofort zu ihm kommen, wagten auch sie sich weiter vor. Sie folgten Axels Blick und verstanden sofort, was ihn so sehr bewegte.

Auszug aus
Der Meister der Dunkelheit
von Thomas Brezina
Krimiabenteuer Nr. 66
ISBN 978-3-473-47130-8